岸家书

一名台北退役军官写给大陆同窗的80封信

苏泰台 著

江苏人民出版社

图书在版编目（CIP）数据

两岸家书：一名台北退役军官写给大陆同窗的80封信 / 苏泰台著. --南京：江苏人民出版社，2021.7
ISBN 978-7-214-26213-4

Ⅰ.①两… Ⅱ.①苏… Ⅲ.①书信集—中国—当代
Ⅳ.①I267.5

中国版本图书馆CIP数据核字(2021)第094977号

书　　名	两岸家书：一名台北退役军官写给大陆同窗的80封信
著　　者	苏泰台
责任编辑	石　路
装帧设计	潇　枫
出版发行	江苏人民出版社
地　　址	南京市湖南路1号A楼，邮编：210009
网　　址	http://www.jspph.com
照　　排	江苏凤凰制版有限公司
印　　刷	江苏凤凰盐城印刷有限公司
开　　本	652毫米×960毫米　1/16
印　　张	14.25
字　　数	150千字
版　　次	2021年7月第1版
印　　次	2021年7月第1次印刷
标准书号	ISBN 978-7-214-26213-4
定　　价	68.00元

（江苏人民出版社图书凡印装错误可向承印厂调换）

目　录

第一章　一封终于发出的信

告台湾同胞书 / 002

1949，大时代下的个人命运 / 007

韩妈妈的嘱托 / 011

第二章　为了母亲的思念

"麻雀蛋"和绿豆汤 / 023

想与儿子团聚的韩妈妈 / 027

母子之间的信使 / 030

第三章　在香港见面

撬动"三不政策"铁板的"华航事件" / 041

选择第三地 / 044

香港，怎么去？ / 046

到了香港，怎么办？ / 051

白发母亲灰发儿 / 053

陪母回乡，故友相见 / 055

第四章　宝岛相会

　　母亲渐渐老了，怎么办？ / 078

　　去台湾，探亲还是定居？ / 083

　　突如其来的噩耗 / 089

第五章　韩昌鸿眼中的台湾与大陆

　　曾经的台湾和大陆 / 137

　　韩昌鸿的人生路 / 139

　　关注家乡的经济发展 / 141

　　韩昌鸿眼中的台湾 / 146

第六章　叶落归根的计划

　　树高千丈，叶落归根 / 169

　　韩昌鸿：我要叶落归根 / 172

　　为了回乡定居，努力！ / 176

第七章　日久弥醇的同窗情

　　家长里短，情义无价 / 185

　　有病要看，别拖 / 189

　　最后一封信 / 194

　　浅浅的海峡，永恒的乡愁 / 199

后　记 / 224

第一章　一封终于发出的信

乱世里，人如飘萍，相聚离开都不由自己说了算。

却不料，普通的一别之后，再回头看时，彼此却已经山河远隔，乡愁万里。

然而，一湾海峡隔不断兄弟亲情，挡不住同胞对家乡故土的思念。

同胞亲情的力量，终于在 20 世纪 80 年代，冲开了封锁的大门。

1986 年，两岸关系缓和。在太仓县卫生系统工作的蔡国基意识到，海峡两岸之间的这扇"门"要开了。对小学同窗的思念，使得多年陪伴韩母的蔡国基在韩妈妈的嘱托下开始思考，如何寻找 40 多年生死不明的儿时好友韩昌鸿。

辗转相托，通过自己的一位朋友，蔡国基打听了一年后，终于得到了韩昌鸿的信息。

第一封由蔡国基代笔的韩妈妈寄给儿子的信终于发出了……

告台湾同胞书

元，谓"首"；旦，谓"日"；"元旦"意即"首日"。

中华人民共和国以公历 1 月 1 日为元旦，元旦在中华人民共和国也被称为"阳历年"。

1979 年阳历年的第一天，中华人民共和国全国人大常委会在《人民日报》头版发表一份重要的声明——《告台湾同胞书》。

历史的车轮滚滚，1949 年 12 月 10 日下午 2 时，蒋介石带着儿子蒋经国，从成都凤凰山机场起飞，仓皇逃往台湾。时光荏苒，日月如梭，转眼就到了 1979 年，海峡两岸处于隔绝状态已经整整 30 年。

常言道：三十而立。

30 年足以让一个呱呱坠地的婴儿长大，成长为青年；30 年，整整 3 个 10 年，台海两岸的炎黄子孙，同宗同种，同根同契，一样的黄皮肤黑头发，笔端写出一样的文字，隔着一湾浅浅的台湾海峡，却只能相望不相闻。

数以万计家庭中的父母子女、至亲骨肉因为这隔离而彼此杳无信息，只能一年年地翘首企盼，隔海遥望，忍受着思念的苦痛，彼此唯有在心底默默祝福。

可是，骨肉亲情又岂是距离可以阻隔得断的？

父母思念儿子，儿子想念爹妈，兄弟姊妹手足之情，是普天之下至亲至爱之情，是任何障碍都挡不住、隔不断的！

随着时间的推移，这份情不是越来越淡，而是愈来愈浓了，到了 1979 年，已经浓烈得不亚于一场战争的爆发，当然，这次，他们是为爱而战，为情而战！

后来的事实充分证明，1979年元旦发表的这份对台声明对海峡两岸的影响无与伦比。

亲爱的台湾同胞：

今天是一九七九年元旦。我们代表祖国大陆的各族人民，向诸位同胞致以亲切的问候和衷心的祝贺。

……自从一九四九年台湾同祖国不幸分离以来，我们之间音讯不通，来往断绝，祖国不能统一，亲人无从团聚，民族、国家和人民都受到了巨大的损失。所有中国同胞以及全球华裔，无不盼望早日结束这种令人痛心的局面。

……每一个中国人，不论是生活在台湾的还是生活在大陆上的，都对中华民族的生存、发展和繁荣负有不容推诿的责任。统一祖国这样一个关系全民族前途的重大任务，摆在我们大家的面前，谁也不能回避，谁也不应回避。如果我们还不尽快结束这种分裂局面，早日实现祖国的统一，我们何以告慰于列祖列宗？何以自解于子孙后代？人同此心，心同此理，凡属黄帝子孙，谁愿成为民族的千古罪人？

近三十年来，中国在世界上的地位已发生根本变化。……我们如果尽快结束目前的分裂局面，把力量合到一起，则所能贡献于人类前途者，自更不可限量。早日实现祖国统一，不仅是全中国人民包括台湾同胞的共同心愿，也是全世界一切爱好和平的人民和国家的共同希望。

今天，实现中国的统一，是人心所向，大势所趋。……我们殷切期望台湾早日归回祖国，共同发展建国大业。……台湾各界人士也纷纷抒发怀乡思旧之情，诉述"认同回归"之愿，提出种种建议，热烈盼望早日回到祖国的怀抱。时至今日，种种条件都对统一有利，可谓万事俱备，任何人都不应当拂逆民族的意志，违背历史的潮流。

我们寄希望于一千七百万台湾人民，也寄希望于台湾当局。台湾当局一贯坚持一个中国的立场，反对台湾独立。这就是我们共同的立场，合作的基础。……

中国政府已经命令人民解放军从今天起停止对金门等岛屿的炮击……

由于长期隔绝，大陆和台湾的同胞互不了解，对于双方造成各种不便。远居海外的许多侨胞都能回国观光，与家人团聚。为什么近在咫尺的大陆和台湾的同胞却不能自由来往呢？我们认为这种藩篱没有理由继续存在。我们希望双方尽快实现通航通邮，以利双方同胞直接接触，互通讯息，探亲访友，旅游参观，进行学术文化体育工艺观摩。

……

正如声明中所言：海外侨胞都可以回国与家人团聚，台湾的同胞为什么不能回来？

炎黄子孙，谁愿成为中华民族的千古罪人？

兄弟阋于墙，引发的是一次又一次亲者痛仇者快的悲剧啊！

这是大陆向台湾发表的第五次《告台湾同胞书》。

在之前的三十年里，大陆曾经向台湾 4 次发表《告台湾同胞书》：

1950 年 2 月 28 日，由台湾民主自治同盟发表，大陆首次提出要解放台湾。

1958 年 10 月 6 日，在八二三炮战结束后第二天，以彭德怀的名义发表的《中华人民共和国国防部告台湾同胞书》，由毛泽东主席亲自撰写，要求台湾共同对付以美国为首的帝国主义，指出八二三炮战是惩罚性质的，并提前通知台湾人民，之后七天大陆将停止对金门的炮击。

1958年10月25日，大陆发表《中华人民共和国国防部再告台湾同胞书》，向台湾提出两岸团结、一致对外，并告诫台湾与美国一起是没有出路的。

遗憾的是，1958年11月1日的《中华人民共和国国防部三告台湾同胞书》，在当时没有公开发表。

为了两岸的和平统一，大陆在之前的30年坚持不懈地表达己方的诚意，希望并期待与台湾当局携手合作，达成共识，共同为两岸人民谋福祉，奈何历史的大方向从来不是某一方可以单独主导的，一次次的声明和倡导都未能达成所愿。

1979年的《告台湾同胞书》，郑重声明在新的历史条件下，争取祖国和平统一的大政方针及一系列政策主张：

停止自1958年以来对大小金门及大小担岛等岛屿所进行的炮击；

统一中国为大势所趋、人心所向，应尽快结束分裂局面，统一中国；

结束两岸军事对峙、开放"两岸三通"、扩大两岸交流等方针。

这是对台工作和两岸关系进程中具有里程碑意义的大事，解决台湾问题进入了新的历史时期，从此打破两岸隔绝状态，台海两岸同胞可以直接往来。

据统计，自1987年11月两岸同胞隔绝状态结束至1988年底，来大陆的台湾同胞达45万人次。此后，两岸人民交往不断扩大深入，增进了相互了解，融洽了彼此感情，增强了"两岸一家亲"的理念。

横亘在台湾海峡的人为藩篱终被打破，两岸人民往来由台湾民众赴大陆探亲开始，由少到多，由单向到双向，逐渐发展成全方位、宽领域、多层次的社会各界大交流的格局。

1979 年的《告台湾同胞书》终于结束两岸同胞之间音讯不通、来往断绝的局面，实现自由来往，为两岸关系的发展揭开了新的历史篇章。

然而，在之前的 30 年，中华民族到底发生了什么，以至于千百万家庭骨肉离散，甚至人天永隔？

1949，大时代下的个人命运

　　1949 年前后，200 万大陆人随着"国民政府"迁居台湾。这些人中的大多数，或许只为了一份糊口的工作……

　　从严格意义上来说，江苏太仓的韩昌鸿不属于被动地随着"国民政府"到台湾的 200 万人中的一员。

　　1945 年，13 岁的韩昌鸿和蔡国基小学毕业。这一年，抗日战争结束。

　　两个同龄的少年，因为两家门挨着门，又在同一个学堂念书，成了好朋友，虽然两个家庭环境完全不同。

　　蔡国基家境贫寒，自幼失去父亲。因为家里穷，蔡国基不得不在小学毕业后去外地学做生意，在太仓附近的双凤镇当学徒。

　　相较于蔡国基家，韩昌鸿家以经商为生，家境较为殷实，开有一家前店后作坊的铜锡店，经济条件比较好。所以，小学毕业后，韩昌鸿留在太仓县城，帮忙打理自家的生意。

　　韩昌鸿的妈妈韩周雅云视蔡国基如同亲生，这也是两个家庭环境完全不同的孩子之间产生深厚友情的一个缘由。

　　为谋求生计，小哥儿俩从小学毕业后就分开了。但蔡国基每次回太仓老家都会用平时攒下的零钱买点小特产，带给韩昌鸿一起分享，尽管他还是学徒工，工资微薄；而韩昌鸿每次也会请蔡国基到街上吃好吃的。他们用这些最简单朴实、带着孩子气的方式来表达彼此真诚的友谊。

　　1947 年，15 岁的韩昌鸿在母亲韩周雅云的安排下，跟着当军官的铨叔去了台湾。

蔡国基回忆说：

我们这一带，飞云桥这一带，到台湾去学生意打工的，也不是他一家，很多，只要有人介绍就出去了，从此，他就跟了他叔父出去了。

当时他们这些来自各地的军人，大概都带着一种"将来怎样，我们完全不知道"的心情到台湾来，全都不是来安家落户的，感觉上只是例行的军事"移防"，像过去在大陆爬一座山、过一座桥那样普通，只是恰好这一次，"移防"的地方比较远，要过海，刚好那个地方的名字叫"台湾"。

毫无疑问，对于当时还是少年的韩昌鸿和蔡国基来说，情况更是如此，他们并不知道不久的将来正有一场时代的剧变蓄势待发。

他们都把这当作是一次普通的告别。

如今 80 多岁的蔡国基老人说："我当时不知道台湾在哪里，就觉得大家都一样是在外打拼，只是他的距离远了一点。没想到再见面已经是 40 多年后了。"

韩昌鸿离开太仓的时候，蔡国基正在太仓的双凤镇当学徒。分别时，他们没能见上一面。

韩昌鸿到台湾后，先在基隆的一家橡胶厂工作。

那时候，他还和蔡国基写过四五封信，与"发小"分享他初到台湾的所见所闻。

蔡国基回忆说：以后我就接到他一封信，他跟我说，跟叔叔到台湾去了，经过基隆高雄，在什么地方上岸，怎么样。

让我们在 70 年之后，再来看一看那是一个什么样的年代。

翻开万年历：

1949 年，公历平年，共 365 天，53 周。

农历己丑年（牛年），闰七月，共 384 天。

如果我们没有看到后来的一系列历史进程，1949 年只是人类历史长河中一个普通的时间点。

但是，后来的史实让 1949 年注定成为不寻常的一年。

1949 年，在中国，发生了 20 世纪的第二次历史巨变。

让我们重回历史上的 1949：

经过辽沈、平津、淮海三大战役，1949 年初，国民党军队损失过半，解放军将战线压至长江一线，国民党统治面临垮台的命运。

蒋介石 1 月 14 日宣布下野，由李宗仁任代总统。

1 月 21 日，合肥解放。1 月 31 日，北平和平解放。4 月 23 日，南京解放。国民政府南迁广州，代总统李宗仁飞回老家桂林，随后以治病为由经香港赴美国。同月，镇江、无锡、安庆、太原解放。5 月 3 日，杭州解放。5 月 16 日，武汉解放。5 月 20 日，西安解放。5 月 22 日，南昌解放。5 月 27 日，上海解放。8 月 4 日，长沙解放。8 月 17 日，福州解放。8 月 26 日，兰州解放。9 月 5 日，西宁解放。9 月 19 日，归绥（呼和浩特）解放。9 月 23 日，银川解放。9 月 25 日，迪化（乌鲁木齐）解放。

10 月 1 日，在北京天安门举行开国大典，毛泽东宣布中华人民共和国中央人民政府成立。下午 3 时，首都 30 万人聚集在天安门广场，参加开国大典。

随着一个个城市的解放，解放军势如破竹，国民党政府在大陆的统治如蚁穴，次第崩溃。

之后的局面，对于蒋介石国民政府来说，更加不堪。

11 月 30 日，重庆解放。蒋介石逃往成都。12 月 10 日下午，蒋介石带着儿子蒋经国从成都凤凰山机场起飞，仓皇逃往台湾。

从此台海两岸，隔海而治，开始了长时间的敌对和武力对抗。

客观上来说，韩昌鸿是主动去台湾谋生，尔后被动滞留在台湾的。但是和 200 万军民一样，他与大陆的母亲、兄弟开始了长达 40 多年的分离，相思相望不相闻。

从此，韩周雅云失去了儿子韩昌鸿的消息。

从此，蔡国基失去了好友韩昌鸿的音信。

1949 年之后，韩昌鸿孤身漂泊在海岛，参军，娶妻，生子，有家不能回，四十多年里，饱受思亲之痛、思乡之苦。

谁能知道，想家的苦，到底有多苦？

"多少高堂明镜悲白发，多少妻子长年守空帏，多少儿女不知父生死，多少异乡客夜夜梦神州。"

字字泣血，句句真情。一湾海峡，流淌着两岸多少思亲的泪水？

韩妈妈的嘱托

1947 年赴台的韩昌鸿，1949 年在台湾参军。

1951 年，蔡国基在苏州太仓也参了军。

蔡国基说："我是 1951 年初当兵的，我是到了朝鲜去了。那个时间为了保家卫国么，小青年，那个时候就是满腔热血么。我们国歌不是唱的吗？把我们的血肉筑成我们新的长城。在这一股热情之下，我就抗美援朝去了。"

1955 年从部队复员转业以后，蔡国基又回到了家乡太仓，在卫生系统工作。

每天上下班，家住樊泾村的蔡国基都要从韩昌鸿家门前经过。

看到韩昌鸿的父母，蔡国基就会打招呼："伯父！伯母！"

韩昌鸿的父母应道："哦，你吃好饭上班啦。"

蔡国基说："是的，我去上班了。"

年复一年，日复一日，他们重复着这种简短的寒暄，彼此都避而不谈韩昌鸿。然而，在他们心里，韩昌鸿这个名字却从来没有被淡忘过。

看到儿子韩昌鸿小时候的玩伴蔡国基，韩周雅云自然就会更加想念漂泊在外、不知生死的亲骨肉。

蔡国基当然也明白。自己每一次路过，都会让韩妈妈不由自主地想起自己儿时的小伙伴。虽然他自幼失去父亲，却不难体会到母亲思念儿子的心情。更何况，韩妈妈对他也如同亲儿子一般。

在平时生活中，蔡国基总是力所能及地照顾两位老人，两位老人也渐渐把蔡国基当作亲儿子一般看待。

40 年，山河阻隔。然而，两岸同胞的思念之情不仅没有因为时空距离变淡，反而更加浓烈。

1979 年元旦全国人大常委会发表的第五次《告台湾同胞书》，触动了很多 1949 年随国民党迁居台湾的大陆人的心。

这批 1949 年到台湾的人中，很多是老兵，他们之中最年轻的此时也有 50 多岁了，他们在大陆的父母已是七八十岁，如果再不回来，恐怕此生无缘再见爹娘一面。

然而，在两岸问题上，当时的台湾当局依然是执行"不接触、不谈判、不妥协"的"三不"政策。

1980 年的台湾，有人因为提出到大陆探亲，被当局判处有期徒刑 5 年。

时间一年年过去。到 1986 年，两岸关系已渐渐缓和。

有一天，韩昌鸿的妈妈找到蔡国基，请他去家里坐坐。她终于把这些年来所有的心里话，以前想说而不敢说的，都讲给蔡国基听。

韩妈妈想儿子了，但她的儿子、蔡国基的同学韩昌鸿还在不在世呢？

一想到这里，她心里就空荡荡的。

最后，千言万语化成一句话，韩妈妈拜托蔡国基："你能不能帮我打听打听韩昌鸿的下落？"

时间到了 1987 年，在台湾的韩昌鸿对母亲的思念之情同样被积压到了最厚重的阶段，几欲喷薄而出。

浅浅的一湾海峡，是挡不住游子对家乡故土和母亲的思念的！

"死也要回大陆，不达目的，死不罢休。"1987 年的台北街头，多次出现这样奇特的景象：一群五六十岁的老男人穿着写满"想家"字样的上衣，哭着说想妈妈……

同年 6 月 28 日，在台北，几位老兵站在台上唱起了《母亲你在何方》：

雁儿啊，我想问你，我的母亲可有消息？儿时的情景似梦般依稀，母爱的温暖永远难忘记，母亲啊，我真想你们……

终于，在 20 世纪 80 年代，骨肉亲情的力量，冲开了两岸封锁的大门。

1987 年 10 月 15 日，台湾当局宣布：自 12 月 1 日起，除现役军人和公职人员外，在大陆有血亲、姻亲、三等亲以内亲属的可以申请赴大陆探亲，从 11 月 2 日起正式受理申请。

那一天凌晨，台北红十字会和高雄办事处便人山人海，2000 多人完成申请登记。此后半年的时间，有 14 万人完成了申请登记。

至此，两岸终于打破了长达 38 年的隔绝状态，恢复民间交流。

蔡国基说：

我想终于这个"门"要开了，这个大门要开啊，为什么呢？因为这是我们祖国的领土，我们是同宗同族嘛。

蔡国基意识到，有希望了！

然而人海茫茫，太仓与台湾相距甚远，怎样才能找到韩昌鸿？

蔡国基想到，自己有个朋友的哥哥因为工作，经常在两岸间往来，于是就拜托他帮忙打听韩昌鸿的消息。

功夫不负有心人，蔡国基还真找到了线索。在太仓卫生系统工作的这几十年里，蔡国基结交了不少朋友，其中有一位朋友叫杨洪源，在医院里当化验员。蔡国基听说，杨洪源的哥哥在轮船上做生意，经常要坐船去香港、台湾等地。

蔡国基立刻找到杨洪源，请他帮忙打听一个人。而蔡国基能提供的所有资料，只有韩昌鸿的名字，以及他四十年前曾在一家橡胶厂打工。

过了一段时间，杨洪源的哥哥来信了。在台湾的太仓同乡会通讯录里，找到了韩昌鸿的名字。此时韩昌鸿已经 55 岁，身份是国民党军官，已婚，并有 3 个孩子。

蔡国基又请杨洪源给他哥哥写信，麻烦他设法去韩昌鸿在台北的家里看一看。

又过了一段时间，杨洪源哥哥的第二封信到了。他已经去过了韩昌鸿家里，见到了他本人。只不过韩昌鸿的军官身份，让他对突然到访的陌生老乡心存疑虑，因而态度故意不冷不热。

虽然初次联系上了，韩昌鸿还是小心地闭紧心门，不敢贸然信任。但韩昌鸿的心里，如一方平静的池塘被扔进了一块石头，荡起一圈一圈的涟漪。

八十多岁的韩周雅云，盼了四十年，终于盼来了儿子的消息，高兴得眼泪直流，有千言万语想要对儿子诉说。儿子这些年在台湾过得好不好，儿媳妇长什么样，还有两个孙儿怎么样……她恨不得能插上翅膀，即刻飞到海那边去，飞到日思夜想的亲人身边去。

但韩昌鸿的身份，让相见无法来得那么容易。他一方面对来访的客人心存疑虑，另一方面对大陆亲友的思念之情却也被这名陌生的到访者点燃了。

不久之后，韩家来了一位特殊的客人。这位客人来自台湾，受韩昌鸿的委托，登门拜访韩周雅云，并带去 400 元美金。由于韩母不识字，蔡国基代他写了收条。客人还受韩昌鸿委托，向蔡国基打听了老家的一些情况。

台湾客人的到访，令韩周雅云高兴极了。与儿子重逢的心情，也愈发急切了。她又找到了蔡国基，请蔡国基代笔，由她口述，给韩昌鸿寄去一封信。

信里，韩周雅云向儿子倾诉道：

金和啊，你一定能理解你姆妈的心情。我一个人在飞云桥旁，天天地在盼望送信人，等着你的音信，一天又一天，一年又一年，等了很久很久……等得我白了头，望得我双眼穿……

我们虽母子两地分居，蒙韩家各房相互关照，生活起居均好。人虽老了，精神尚佳。从目前情况来看，无痛无病，还能活上几年，但毕竟是八十高龄了，已是风中之烛，瓦上之霜。

我想念我的媳妇，她叫啥？你来信告诉我，我要见见面。两个孙儿——家骏、家豪，我多想念呀！……我要亲一亲他们，我的孙儿。千言万语，万语千言，难述我心中数十年的思念之情……

1987 年 8 月，韩周雅云的信从太仓寄出，经过漫漫长路的辗转，终于到了韩昌鸿的手中。

收到母亲来信的韩昌鸿，此刻什么顾虑都抛在了脑后。他心心念念只有一件事，要和母亲重逢！哪怕为此失去工作，他也在所不惜。

在心系亲人的同时，韩昌鸿也没有忘记自己的老朋友蔡国基，他非常感激蔡国基对母亲的无私帮助。年过半百的韩昌鸿，还保留着蔡国基送给他的一张照片。只是四十年过去了，照片些许褪了色。在写给蔡国基的信里，他又回忆起了童年的点点滴滴，譬如当年的那包麻雀蛋：

你学生意回家探亲，送我一包"麻雀蛋"，家父第一次主动给钱嘱我请你客，可能家父认为我已长大了，那时不知道兄还记得我请你什么吗？——请下次来信告我（我要考考你）。真的，你的"麻雀蛋"之香、脆，至今余味仍在呢，但愿以后能再送一包（脸皮不薄吧），如何？

同样年过半百的蔡国基，也许是真的记不得了，也许是故意想和老朋友调皮一下，在回信里说：

我三思数日，实在想不起来。我想日后有机会，您再请我一次客吧，我等着呢，希勿见笑。

两位头发花白的老人，隔着海峡，用顽皮的语调冲淡岁月消逝的伤感，就好像彼此都是当年的小小少年，互相捉弄着对方，开起了善意的玩笑。

韩昌鸿于是在下一封信里揭晓了答案，当年那碗绿豆汤的滋味，他依旧记得清清楚楚。四十几年过去了，却仿佛还在昨日。

其实当时我们均是大小孩，身上亦只是小钱，所以仅请兄在广东人开设的冰淇淋店内各喝了一碗"凉绿豆汤"。但这"凉绿豆汤"配料，迄今还没有找到第二家，说句你不要笑的话，我还很想喝呢！

和亲人通过书信联系上以后，韩昌鸿心头一直记挂着要和母亲重逢。然而身披军装的韩昌鸿不能前往大陆。该怎么和母亲见面呢？韩昌鸿想到了香港。他开始细细谋划去香港见面的种种细节。该怎样让年过八旬的老母，顺利到达香港呢？韩昌鸿需要找到一个既能完全信任，又愿意无私帮助的人。老友蔡国基成了韩昌鸿的最佳选择。

昌鸿吾儿：

　　收到了你的信后，使我整夜未眠，想得很多很远……这是高兴呢还是……

　　金和呀，你一定能够理解你姆妈的心情。我一个人在飞云桥旁，天天地在盼望送信人，等着你的音信。一天天，一年又一年，等了很久很久……等得我白了头，望得我双眼穿。杨先生的胞弟杨洪源医师是你的同学蔡国基的好友，通过他的关系，总算从他的信中得到了一些你的近况，但又竟是他们说的，我既信又不信。杨先生是个热心人，他家中也有位老母亲，年龄稍我大一些，去年在香港团聚过一段时间。我也渴望能有这样的机会，摄一张合家欢照，那就死也瞑目了。

　　今年是你父亲病故十周年，我和他每逢忌辰上香暗拜，但求得苦国安康。你的铨伯今还健在否？来信告我，韩家是个大家族，各房弟兄多，子女也多，我们现在分地分居，蒙韩家各房相互关照，生活起居均好。人虽老了，精神尚佳，纵目高情况

<u>无痛无病</u>

末局还能活上几年，但必竟是八十高龄了，已是风中之烛，瓦上之霜。

我想念我的媳妇，她叫啥，你来信告诉我，我要见面，还有孙儿——家骏、家豪我多么想念呀，您的祖母老了，老之心眷恋，我要亲一亲他们，我的孙儿，千言万语，万语千言，难诉我心中数十年的思念之苦。说今后用，勿信，能收到你们的近影，我最近托杨先生写给你的信及式张照片。如果收到了也告诉我，你要谢谢递送杨先生。他是位热心的好人，我等着你们的第二次来信。

其它的下再详形

祝

福安如意！

通信地址：

江苏省 太仓县城内东港一号

念儿的妈妈

韩周雅云

一九七年六月廿一日

蔡阿代笔

记忆台

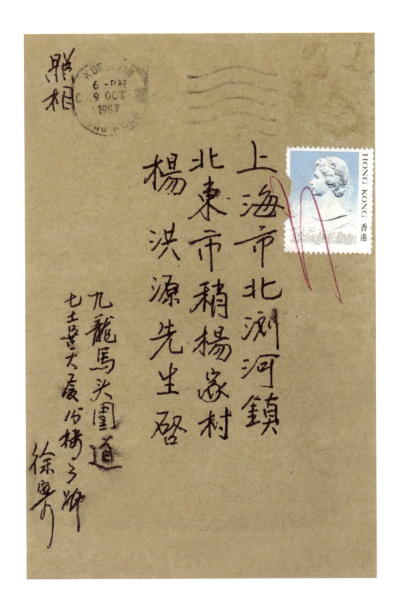

编者注：这是韩昌鸿写给蔡国基的第一封信，从台湾经香港中转寄往浏河镇。当时有意隐去了"太仓县"，地址巧妙地写成"上海市北浏河镇"。

國基学弟：

前乄改萬乡謝意，承蒙会同学乄侍逋，家母得獲胜别，且又赐健音，非我這学弟词岁軟達內心感激拾萬一。

来信说："书出还记憶否⋯⋯"，好像這句词语太生疎了，如你不健忘的话，你曾给我一纸照片，現还珍藏在相浮內，唯一遗憾些先輩许退了色，那許保管不良，因它已歷經四十年，似你我已逾半百了——老矣！谈起徐州，依新回憶往事，家父对你情爱甚厚，捨不主動给我糖花，唯有一次，徐学生意回家探親，送你一包"麻雀蛋"，家父芝一次主動给鎮一偶尔请徐客，可能家父愛雨我之前大了，那時不知乄远记曰我请徐什庅嗄？——请下次书信告我（书要等乄你），真的，你的"麻雀蛋"乄点、脆，即令餘味犹在呢，但願

"……仍能再送一包（脸不彳吧），之何？

　　信说："将先生脱弟桥醫师是徐的同学……"
同之僅家桥醫师，向未述及名，非常抱歉無
法猜测，请必告及名，亦好空微谢；总之，
先与桥府诸之好戚的協助，以使我母子互通
訊息，此恩訊報矣！

　　最仍再一次致谢挚之谢忱，爾仍请常事
亟指致。　　　　　　専此　　　　敬祝
申申之意！
闔第健康！

　　　　　　　　　　　郅弟呂鸿　敬上
　　　　　　　　　　　　1987. 10. 4

请代向桥学长（醫师）致谢·问妍。

第二章　为了母亲的思念

匆匆一别易，再相见时难。

自从联系上后，思念累积到了最浓厚的时刻。蔡国基、韩昌鸿和韩妈妈在经受了40年苦苦等待之后，母子、兄弟均急切地希望相见。

此时此刻，韩昌鸿在台湾心急如焚，蔡国基在家乡亦急切难耐。

这不仅仅是母亲的殷切期盼，也是一位至诚好友发自肺腑的思念。

蔡国基在信中对儿时的好友发出了明确而急切的邀请：回来，赶快回来！

离家时的韩昌鸿是黑发少年，母亲是中年，而在40年后，儿子的黑发上遍布霜花，母亲已是风烛残年。

为了母子能早日重逢，蔡国基不辞辛劳，想方设法，帮助办理各种手续文件。韩妈妈不识字，蔡国基为她读信、写信。这些举动不仅给了老人诸多照护和帮助，更宽慰了海峡对岸的游子。

"麻雀蛋"和绿豆汤

太仓双凤古镇位于太仓西部，已有 1700 多年的历史。

据太仓地方志记载，相传在晋咸和六年，僧人支道林因建寺掘地，得石龟一对，后化为两只凤凰翩然而去，古镇因此得名双凤，沿用至今。

双凤镇素以"俗尚儒风，人知礼仪"著称，江南四大才子之一的唐伯虎就曾在诗作中写到双凤镇："十景风光似建康，物产丰富名外扬。"

蔡国基和韩昌鸿就出生于太仓。

蔡国基家境十分贫寒，7 岁时父亲就去世了。俗话说得好：穷人的孩子早当家。为了给家里省钱，蔡国基小时候专挑不收学费的学堂读书，当时正值抗战期间，日军入侵，时局动荡，蔡国基五年级一年就换了 5 所学堂。

1945 年，13 岁的蔡国基小学毕业，因为家里穷，他不得不去学做生意，来到双凤镇当学徒。

尽管刚开始只是学徒工，工资微薄，但蔡国基每次回老家都会用平时攒下的零钱买点小特产，带给韩昌鸿一起分享。

双凤镇境内地势平坦，物产丰富，蔬菜、水产、畜禽各具特色，素有"锦绣江南鱼米之乡"的美称，还有很多风味小吃。其中有一样风味小吃，最令韩昌鸿难忘。

1987 年 10 月 4 日，收到母亲韩周雅云请蔡国基代笔、辗转海峡三地一年多的信后，韩昌鸿立即回信，在他第一封写给家乡母亲的信中，55 岁的他却不由自主地回忆起儿时与好友蔡国基的往事：

你学生意回家探亲，送我一包"麻雀蛋"……真的，你的"麻雀蛋"之香、脆，至今余味仍在呢，但愿以后能再送一包（脸皮不薄吧），如何？

时隔整整 40 年，在第一次通信中，韩昌鸿仍念念不忘那包"麻雀蛋"，甚至提出请老友再送一包"麻雀蛋"给他。

信中提到的"麻雀蛋"并不是真正的麻雀生的蛋，而是一种形似麻雀生的蛋的太仓民间风味小吃，因为太仓最有名的"麻雀蛋"是双凤"老桂香斋"生产的，所以人们又习惯称之为"双凤麻雀蛋"。

据《太仓地方小掌故》记载，太仓"麻雀蛋"已有上百年历史。

其历史可以追溯到清朝末年，苏北人李清芳定居太仓后，开了一爿店，专门售卖他家乡的小吃"豆珠蛋"，豆珠蛋太小，李清芳就将豆珠蛋做成麻雀蛋大小，再另加作料，更名为"麻雀蛋"。

一袋"麻雀蛋"不值几个钱，很多太仓人都会记得小时候省下几分零用钱，购买几颗"麻雀蛋"吃的儿时往事。

小孩子们买上一袋"麻雀蛋"，总是先吃两颗，又包起来，想留着慢慢吃，但是麻雀蛋酸中带甜的味道，松脆的口感，桂花的香气，让他们又忍不住打开袋子再吃上两颗。孩子们的小嘴巴总是馋的，熬不过了，就在不知不觉中，吃得只剩下一只空袋。

这些儿时最美好的回忆，让韩昌鸿至今还在回味啊。

孩童时的记忆明快、纯粹，心思更是简单，所以回忆也就更加绵长。

人到老年的韩昌鸿在刚刚建立联系的第一封信里，就写满了对儿时"麻雀蛋"的幸福回忆。

那酸酸甜甜、香香脆脆、裹着桂花香的"麻雀蛋"啊，何尝不是他们友谊最好的证明？

即使隔着海峡，跨越时空，那"麻雀蛋"的香味，一次次随着被开启的往事飘拂在两人的心中。

家里那么困难，小小年纪的蔡国基只能去当学徒，当学徒工只能挣到微薄的收入，但是回家的时候他仍然不忘给好朋友韩昌鸿带上一包"麻雀蛋"，和他一起分享。

患难见真情，礼轻情意重。

这样的情谊，多么纯粹，多么难得，怎能不让韩昌鸿一次次地想起？

基于同样的情谊，韩昌鸿每次也会请蔡国基到街上吃好吃的。

谈起你我，我回忆往事，家父对我管教甚严，从不主动给我钱花，唯有一次，你学生意回家探亲，送我一包"麻雀蛋"，家父第一次主动给钱嘱我请你客，可能家父认为我已长大了，那时不知道兄还记得我请你什么吗？——请下次来信告我（我要考考你）。

年过半百的韩昌鸿在信里仿佛回到了40多年前，对着故友蔡国基调皮起来，要考一考老朋友，40多年前，他回请他的是什么？

同样双鬓泛白的蔡国基想了又想，太多的记忆敌不过岁月的消磨，终究未能记起当年韩昌鸿请他吃的是什么，只好在信中如实相告：

我三思数日，实在想不起来。我想日后有机会，您再请我一次客吧，我等着呢，希勿见笑。

韩昌鸿并非真的要难为老友，在第二封信里，他自己给出了答案：

其实当时我们均是大小孩，身上亦只是小钱，所以仅请兄在广东人开设的冰淇淋店内各喝了一碗"凉绿豆汤"，但这"凉绿豆汤"配料，迄今还没有找到第二家，说句你不要笑的话，我还很想喝呢！不知现在是否仍开着，否则，我们再去喝一碗，再回忆童年生活，如何？

原来，韩昌鸿的记忆里不仅有蔡国基买给他的"麻雀蛋"，还有他礼尚往来，请蔡国基喝的绿豆汤。

长达几十年的隔绝，海峡两岸长期处于敌对状态，在 1987 年蔡国基和韩昌鸿冒险互通信息时，彼此都是小心翼翼，互相试探着前进，就如蔡国基说的，双方好像在对暗号一样。

那时，两岸还没有"三通"，从太仓到台湾的信要先寄到香港、日本或其他地方，再转寄到台湾，"麻雀蛋"和绿豆汤就是他们之间的暗号。

这些儿时的往事，在海峡两岸还没有破冰解冻的岁月里，显得那么温暖，那么纯粹，正是"麻雀蛋"和绿豆汤这样的点滴往事，让蔡国基和韩昌鸿开启了感情的闸门，从此他们之间的通信一发不可收拾。

蔡国基在后来的信中还迫不及待地向老友发出急切的呼喊：你回来看看你的母亲，你要赶快，要抓紧时间。毕竟，你母亲已是风中之烛、瓦上之霜了。等你回来我们好好地谈，彻夜谈。

想与儿子团聚的韩妈妈

知道韩昌鸿还活着，孤苦伶仃的韩妈妈燃起了希望。韩昌鸿的父亲在十年前去世，儿子韩昌鸿就是她在世间最大的牵挂。韩妈妈就在太仓家乡的飞云桥边，等了一年又一年，从黑发等成了白发，望眼欲穿地期盼着自己的独生子归来。

俗话说：儿行千里母担忧。

而这个儿子，还是在她的亲自安排下去的台湾。韩周雅云在思念儿子的日子里，也曾悔恨当初，自己为什么做出了让儿子跟他铨叔去台湾的决定呢？

她日夜思念，也日夜悔恨自己当初的选择。

为什么要送儿子去台湾呢？

这个让韩周雅云后来几乎悔恨一生的选择，在当时却是很多太仓人的普通举动。

这就不得不说到太仓的地理位置和人文历史。

太仓位于江苏省东南部，长江口南岸，水陆交通便利，自古就水运发达。

在三国时期，因为吴王在此建粮仓屯粮而得名"太仓"。从此，太仓慢慢得到发展，开始日益繁盛。

太仓境内的刘家港，一直是江海运输的重要港口。元代，刘家港开创漕粮海运，允许外国商船进港自由贸易，先后有日本、高丽、琉球、荷兰、葡萄牙、西班牙等国家和地区的商船进入刘家港交易，刘家港成为"天下第一码头"。

漕运的发展，推动了太仓与国内外的交流，联通了太仓与东南亚各国的交往。

明代，航海家郑和七下西洋，就是从刘家港出发，太仓现存的古迹天妃宫就是郑和下西洋的重要遗迹。海上运输的继续发展，使得太仓更加繁荣。

清光绪末年，太仓开辟固定的航线航班。

民国时期，因为战争，海运时兴时衰。但邻江近海的太仓，西接太湖、北入长江的地理位置使得它不可能因此完全沉寂下来。

俗话说，靠山吃山靠水吃水，一方水土养一方人。独特的地理位置和悠久的人文历史，对太仓人来说，从江海出外谋生算不上什么稀奇的事情。

蔡国基后来也回忆说，当年，从太仓去台湾的人很多，只要有人愿意带就有人去。韩昌鸿就是这些被亲友带着出外谋生的年轻人中的一员。

如果不是 1949 年发生的历史剧变，也许遵从母嘱的韩昌鸿也会像之前那些从太仓到海外谋生的人一样，平安富足地归来。

韩周雅云怎么也想不到，自己千思万想为儿子谋划的未来，最终却是这样一个结局！

每天，看着上下班的蔡国基从家门前经过，她总会打声招呼。看到蔡国基的身影，韩周雅云的眼前就不由自主地浮现出儿子韩昌鸿的面容，就好像在和自己的儿子韩昌鸿说话。

想当初，两个同龄的孩子，一起去上学，一起在她家里玩耍，后来一起从小学毕业，小哥儿俩亲密得像亲兄弟，谁有好吃的，总不忘记另外一个。这两个孩子的亲密无间曾经让只有独子的韩周雅云多么欣慰啊。

在极端的伤心绝望之时，韩周雅云和丈夫一起领养了一个小女孩，权当慰藉心中之痛。

直到收到韩昌鸿 1987 年辗转三地寄来的信和照片，老妈妈的心里才重新生出希望。

收到儿子的来信，韩妈妈十分满足。看到信就仿佛听到儿子喊她"姆妈"；看了照片，就如见到儿子本人。她说儿子还不老，孙子们也都长得像儿子，她把儿媳妇的照片看了又看，睡觉时也不忘记放在枕头边。

她再次请蔡国基在写去的信中提出见面，她要早日和自己的儿子孙子团聚。知道韩昌鸿有军职在身，存在诸多不便，她甚至提出如果不能见到儿子，只见见儿媳妇和孙子们也是好的。

她希望自己也能像杨先生的老母亲一样，能去香港和儿子见上一面。

那她真的是死也瞑目了！

母子之间的信使

自从 1988 年 4 月 18 日第一次可以直接写信寄回太仓老家后，韩昌鸿每次进出楼下大门时，都要看一下大门上的信箱里是否有家乡的来信。

他算着信件往返的天数，一旦没有如期收到就感到焦虑：为什么从前平均历时 9 天的信件，如今要 14 天到 16 天才能收到？

母子连心，与母亲韩周雅云一样，韩昌鸿也急切地盼望着能见到母亲。

从 4 月 18 日的第一封直接寄到老家的信开始，他几乎每月写一封书信回家。

为了提前听一听 40 多年不曾见面的母亲的声音，他还在 5 月 11 日的晚间，不惜花费大半个月的工资，拨通了太仓家里的电话。电话是父母后来领养的妹妹接听的，母亲没有接到，他没能听到母亲的声音。

他牵挂着母亲，甚至计划在 7 月份辞职回家探母。他在信里告诉蔡国基：此时的工作对他来说，远远没有母亲重要。母亲才是第一位的！

彼时，台湾当局虽然已经允许民众回大陆探亲，但是长期严守"不接触"、"不谈判"、"不妥协"三不政策的国民党当局对开放探亲仍有所保留。比如，开放伊始，台湾方面仅允许在大陆有三亲等以内的台湾民众前往大陆，这表明台湾当局还在力争将探亲限制在可控的范围内。

长期以来，蒋介石担心退伍军人离开台湾，偷偷返回大陆老家，所以，以严刑峻法禁止退伍军人返回大陆家乡，始终是国民党当局牢不可破的基本政策，蒋经国政权也未改变这一政策。

虽然在台湾老兵们的奋力争取下，台湾民众可以名正言顺地回乡了，但是对有军职在身的韩昌鸿来说，当时的境况下，返回大陆还是要冒风险，有诸多不便。

在这种情况下，香港成为很多不能直接回大陆的台湾外省人与家人团聚的最佳地点。

韩昌鸿也选择了香港，作为他与母亲分离42年后的相见之地。

从1988年6月份开始，他就谋划怎么去香港和母亲团聚。

他准备自己在7月份办理去香港观光的签证，手续办妥后，再请杨先生的朋友在中国旅行社为母亲和妹妹小敏办理"港澳十日旅"。

韩周雅云和养女去香港的手续，就需要蔡国基协助去中国旅行社办了。

蔡国基当然乐于相助。一封封的信函往来，一次次急切的托付与交代，作为老友的蔡国基不仅仅觉得自己责无旁贷，更是以举家之力，投入到这场协助中。

没有韩昌鸿的信息之前，蔡国基俨然以子辈的身份主动去照顾韩妈妈；得到韩妈妈的嘱托后，又不辞劳苦费心费力地用了一年多的时间，终于打听到韩昌鸿的下落和近况；而今，韩昌鸿母子终于通上信了，他又开始为母子在香港见面的事情奔走相助。蔡国基的举动，仅仅用一个"好人"来定义是远远不够的。

信件、信息在太仓、香港、台湾辗转，这样的交流和沟通实在费尽周折。撇开历史的因素，儿子见母亲，母亲看儿子，这本是天底下最自然和简单的事情，如今却因为种种原因，变得障碍重重，任务艰巨。

……关于到港会面的安排，只要我入港签证出来，我即与杨先生联络，并将证件全部影印寄上，至于请兄协助在太仓办会亲手续或在港中旅社办旅游手续，当一并转告，另家母与敏妹何日成行，最好先电话……

韩昌鸿屡屡在回信中提到：

弟与家母会面事，真将兄嫂家弄得鸡犬不宁，实在不好意思，在此致万分歉意与谢忱！

在我们采访蔡国基老人时，他拿着一沓厚厚的来信，笑着说："我很乐意给他们母子当信使。"因为在他看来，这体现了老友对他的信任，也体现了韩妈妈对他的信任。

这些信，这些嘱托，更是他和韩昌鸿之间断了 40 年又接续上的同窗友谊的见证。

就如韩昌鸿在信中所说：

喜的兄对我的事情，那么热情关怀，有时幻想，我俩可能前世是亲兄弟，今世虽不是亲兄弟，但幸运又同学一场，情谊仍在，内心确是很感激。

恩鸿兄：

　　收到了您第一封书信，我俩再次接通了四十馀年中断的线路，我们的心情是"多味"的。兄记得吗，我在双园..生意的时候，我俩经常鱼雁往来——。我还记起您从高雄市..发出的第一封信件，只是可惜此信没有保存好。因此..我的题目，我苦思数日，实在想不起来。我想日后有机会您再请我一次客吧！我等着呢，希勿见笑。

　　您给国妈..的信与录影（..）均收到，您妈十分满足。您信中谈及..病故的消息，为之痛心。您妈..，她说这封信像听到了您的声音..，为见到了..人，特别是对尊夫人，她老人家看了又看，把信与录影放在床边枕边。

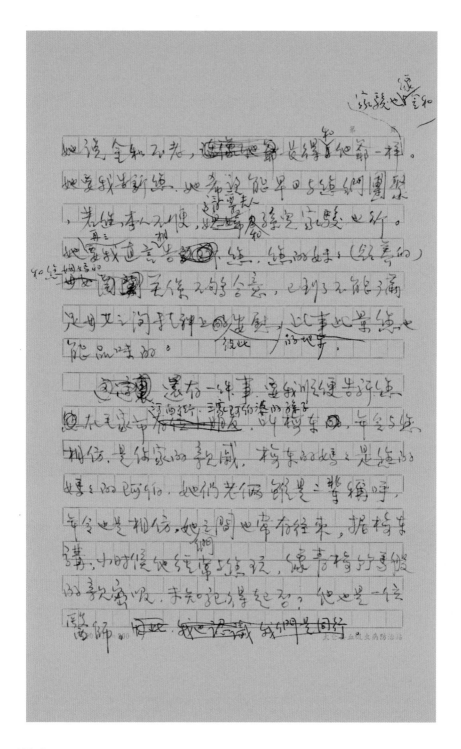

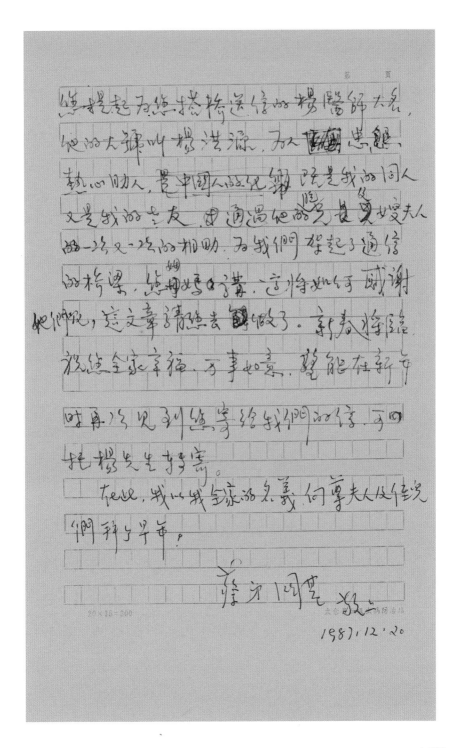

您提起为您搭桥送信的杨医师大名，他的大名叫杨浩源，为人正直忠恳，热心助人，是中国人的儿嫂既是我的同人又是我的老友。由通过他的儿子及嫂嫂夫人的一次又一次的相助，为我们架起了通信的桥梁。您母嫂的来信，言将如何感谢他们呢，这文章请您去写做了。新春将临祝您全家幸福，万事如意，望能在新年时再次见到您寄给我们的信，可回托杨先生转寄。

在此，我以我全家的名义何寻夫人及佳况们拜个早年！

奉寄同贺敬上

1987.12.20

國基學長如唔：

十二月寄來大扎，已敬悉，平應早日回覆，因鄉親之子進君迎家，筆待到消息，故而延誤，在此致萬分歉意！

據馮君回來告訴兄之近況，以及見到兄之照片，兄之風采仍不減當年，深西丞岀，尤其兄己尚之膝業，而在外數十年，興到一吧，真是斷塊，套用項羽一句话——「無顏見江東父老者」矣！

家母在家鄉，據馮君告訴，多蒙兄旺料，此種恩情，不吧何以回報，只有在此先外鞠躬致誠摯之謝意，俟弟迎家後當再登门面謝。

前次寄信給兄问了一了小玩笑，未料信兄傷了幾天腦筋，真是过意不去，在此致歉！其實告時弟们的是尺小孩，身上亦只是小錢，吧以僅淂兄在廣東人開设的冰淇淋店内各喝了一碗「涼綠豆湯」，但这「涼綠豆湯」配料，迄今迎没有找到第二家，说句你不要笑的话，弟很好喝呢！不吧，現在是否仍開着，否則，我们再去喝一碗，再回憶童年生活，如何？还若有兄尺嫂及賢伲等餐敘，没有问題，只怕到時不光臨呢！弟的我们应该聚一聚。

亚南读及杨医师洪源兄，据兄前信告悉是我们同学，说真的，时间太久了，为何想亦无影像。但杨府贤昆仲五人忠厚、热心助人之精神，对弟而言确是受益匪浅。使弟母子接近了一天半，解除了两地想念之苦。此种恩情，非比一般故谊，真是感激万分。请兄代弟先行向杨兄致意，俟弟返台当专函或登门致谢。

毛家市王府，石心是否系之外婆娘家之女嫁到毛家市（为何称谓，弟亦弄不清）。他家原开杂货店，近经税东兄，确实弟亦记不清了，非常歉意。提到毛家市，弟有一住老同学，姓梁名竞成，石心近况如何？因为你们已今还有照住在弟身边，比弟记忆比较清楚，故兄见到王兄，亦请代为致意。　　余言下次读了。最近。顺祝

阖家昌盛，快乐。

　　　　　　　　韩万昌鸿敬上

　　　　　　　　1988.二.廿.

國基吾兄道暗：

今(五)日下班回家，意外接到兄之佳音，這是從4月18日第一次直接寄信回家迄今，可說每次進出樓下大門時，必然看一下大門上之信孔是否有來信，但總是失望而歸，老天不負苦心人，總算吩。到了兄的來信，真是非常感謝您對我的關懷，不知如何回報？若兄到車此改数多之謝忱！

說真的，您不來信，我亦準備過幾天要寫信給您。因我寫了好多信(註：就是您要我對一下的這些信，全时)，均無回信，覺得很奇怪(怎麼沒回寫信給我，但迄未收到)。五月11日晚的電話，我非常希望聽聽隔十年未見面的母親聲音，而未能如願，不知如何故？当時心情激動。

与小敏妹讲清，为是前语不若，没关系，每次延长通话十分钟，不必心调了什么？直到杨先生回青岛，才略知些家母近况，我就放心了。

请代为转告家母，我原订劃在7月终辞去工作返国探望家母（注：母视此工作，在我言，母亲为重，工作僅为保持我心安起居，没什么时间观关），经杨先生回青告知家母之意见，决改变原意，同时心词，麻烦求我继续任职，同意我有事该如何办，因此，现准备下（7）月请旅行社筹划办手续，俟一切手续谈妥后，即请杨先生在香港之亲友赴"中国旅行社"，西家母与小敏妹筹赴"港澳十日游"，我与家母在香港会面，其中家母来香港手续，一方面请"中旅"帮办，同时请兄暗中协助，请高先生优先办理，正拟详情后再函告。

看了您三张照片，真是逍遥自在，非常羡慕，希望不久我们能同游北京，这是我期望之一。对了，瘦夫人怎么，身体更和吗？据杨先生讲现在医学界服务，应该请大夫看看，瘦夫人是您得力助手，非常重要。在此请代为问候。 最后 敬祝

万事如意！阖家安康！ 弟思瀣一敬上 '88.6.7订正

/ 039

第三章　在香港见面

在香港机场，与暮年的老母亲相逢的刹那，年过半百的儿子长跪不起。40多年的思念在这一刻升腾升华，少年离家的游子终于见到了风烛残年的母亲。

在香港的旅店，韩妈妈盘腿坐在床上，抚着膝下儿子的白头，泣不成声。42年前离家的少年，如今已是满头霜花。

母亲想儿子，儿子想母亲，人间的至亲至爱，却因为一湾海峡而无法顺利抵达。

父亲已经去世，所幸还能再见到母亲，和母亲倾诉。在香港的韩昌鸿聊以自慰，他深知这一切都离不开好友蔡国基的帮助。

陪伴母亲在香港住了3天后，有军职在身的韩昌鸿毅然决定立即陪同母亲回大陆家乡太仓，思乡心切的他不惜违反军令，亲自护送母亲。他要回到阔别40多年的老家。

少小离家老大回，这一次回来，整整一个月。

返回台湾后，韩昌鸿立即向上级打报告，他脱下了军装、解除了军职。从此，他要自由地在海峡两岸来往……

撬动"三不政策"铁板的"华航事件"

"不接触、不谈判、不妥协"是台湾当局坚持了几十年的"三不政策"。

1986 年 5 月 3 日，一封电报从北京发到台北，这封收信方为"中华航空公司"的电报内容为：

你公司的波音 747 货机一架于 5 月 3 日 15 时 10 分飞抵广州白云机场。机长王锡爵要求在大陆定居。我局邀请你们尽早派人来北京同我局协商有关飞机、货物和机组其他成员的处理问题。

中国民用航空局

如电报所述，当日一架台湾"中华航空公司"所属的波音 747 货机在从曼谷飞往香港的途中突然转向飞往广州，经大陆民航部门同意后，安全降落在白云机场。

随后，机长王锡爵要在祖国大陆定居、同行的两名机械师要求回台的请求，也得到大陆有关方面的批准。

"华航事件"不仅震惊海峡两岸，也震惊中外。

"中华航空公司"紧急请示台湾当局，但当局的态度仍旧是：不正面接触。

王锡爵 1929 年出生于四川遂宁，1943 年 8 月入读四川灌县（今都江堰市）国军空军幼年学校，1949 年学校随国民党迁往台湾东港。

1951 年王锡爵毕业后，正式服役于空军。他曾获得 1957 年度"第八届克难英雄"称号，三次被选为"国军英雄"，还受过蒋介石的接见。

1967 年，他官至中校，退役转业到"中华航空公司"做驾驶员，深受台湾当局和华航公司的信任，到 1986 年 5 月 3 日驾机到广州时，机长王锡爵的总飞行时数超过 2 万小时。

在台湾，王锡爵事业有成、家庭美满。自 18 岁来到台湾，一晃 37 年过去，他已经 56 岁了，思念故土、想念亲人之情越来越浓烈。

80 年代初，通过海外转寄的方式，王锡爵和亲人通上了信，得知父亲还健在，他欣喜不已。1984 年，他终于和家人在香港见了面。

而两岸关系依旧僵持着，隔绝着，"三通"看不到希望。

思乡心切的王锡爵因此作出了这样的大胆举动！

战斗英雄、飞行王牌王锡爵驾机闯入大陆，狠狠地冲击了蒋经国主政下的台湾当局坚守的"三不政策"，打破了两岸关系的坚冰。

"华航事件"在海峡两岸沟通史上有着里程碑的意义。

为解决"华航事件"，海峡两岸在隔绝 37 年后，终于开始了公开接触。

之后，"华航事件"的圆满解决，向台湾同胞传递了大陆的诚意，降低了台湾民众的"恐共"心理，台湾民众要求"三通"，要求当局开放大陆探亲的愿望更加迫切。

一位台湾老兵在香港《广角镜》上发表文章："30 多年前，数以百万计的大陆各省人士，自愿或被迫地随国民党来台湾，多少家庭破碎，多少骨肉分离！在长达 30 多年的岁月中，懔于严厉的禁制，我们将人性中最大的需求，压在心灵最深处，只在深夜梦回之时，放枕痛哭！多少人等不及见到家人，客死台湾，饮恨终身！谁无父母子女？谁无兄弟姐妹？从少年步入中年，从中年迈向老年，这样的等待到底还要持续多久？难道只有用这种非正常方式，才能和亲人见上一面吗？"

台湾"立法委员"谢学贤提出书面质询：王锡爵驾机返回大陆，是为了探望高龄老父，是思乡思亲心切，说明在台的大陆人思乡之情已到了难以忍受的地步。这是由国民党当局顽固地坚持"三不"政策、禁止民众回大陆探亲造成的。台湾当局应基于人道立场，考虑准许他们回乡探亲。

到1987年，岛内要求开放海峡返乡探亲的呼声与日俱增。数万老兵在台北发起返乡探亲运动，向台当局要求准许老兵回大陆探亲。

1987年3月，外省人返乡探亲促进会成立。

今天的我们很难想象这样的场景：一群五六十岁的老男人穿着印着"想家"字样的上衣，哭着说想妈妈、想回家……而这样的景象多次出现在1987年的台北街头。

1987年的母亲节，上万老兵在台北孙中山纪念馆举行集会。他们身穿白衬衣，衬衣的正面印着鲜红的"想家"，背面印着"妈妈我好想你"，一起合唱《母亲你在何方》。

歌声响起，台上老兵泣不成声，台下观众哭成一片。

1987年6月28日，外省人返乡探亲促进会在台北金华中学举办晚会，主题是"想回家怎么办"。

在强大的民意压力之下，台湾当局于10月15日被迫"原则同意""除现役军人及现任公职人员外，凡在大陆有血亲、姻亲、三等亲以内的亲属者，得登记赴大陆探亲"。

选择第三地

香港，地处华南，地理坐标为东经 114° 15′，北纬 22° 15′，北接深圳，西接珠江，与台湾相距 800 公里。

1984 年 12 月 19 日，中华人民共和国与大不列颠及北爱尔兰联合王国就香港问题发表声明：1997 年 7 月 1 日，中华人民共和国正式恢复对香港行使主权，成立香港特别行政区，并就此签订《中华人民共和国政府和大不列颠及北爱尔兰联合王国政府关于香港问题的联合声明》，简称《中英联合声明》。

1985 年 5 月 27 日，中英双方互换约文，联合声明即时生效，并在联合国秘书处登记。

香港作为英属殖民地的历史即将终结，此后进入 12 年的过渡时期。

在正处于中英交接的 12 年过渡时期的 1987 年 11 月，台湾开放大陆探亲，但不是所有人员都符合台湾当局的条件，一大批被台湾当局限制不能登陆的在职军人、公务员和上层人士，必须转道香港，或者借地香港，在港会晤亲人朋友。香港因此迎来了它的另外一个身份：作为两岸沟通的缓冲地。

因为香港特殊的地理位置和特殊的政治地位，此后，在 2008 年海峡两岸真正实现"大三通"之前的二十多年，一直是两岸民众取道、会亲聚友的场所，一直作为海峡两岸之间的第三地，担当沟通的桥梁及政治的缓冲地带的作用。

两岸达成直接通邮或通航以前，几乎所有的邮件、人员及货物都是经过香港或者澳门转驳；两岸的多次商谈，包括海协会与台湾海基会讨论两岸公证书使用查证及"九二共识"，也都在香港进行。

台湾当局于1989年6月开放经香港等第三地转接的两岸通话，当年的电话业务量约为180万次；到了1995年，上升到4083万次，增长了22.7倍。

江苏省太仓市政协原副主席曹浩的父母及胞弟均在台湾，从1937年分别后，直到1981年才彼此有了联系，近50年离别后，1987年的第一次家庭团聚正是在香港。

"1984年，我冒险前往香港，在那里终于见到了朝思暮想的姨妈和姐弟……"2012年"感动中国"十大人物高秉涵也曾借地香港与亲人相聚。

香港既是大陆和台湾之间往来信函的中转站，也是两岸民众相聚的第三地。

据1996年的统计，1992年以后，平均每年有百万以上人（次）的台湾人从香港赴大陆，1995年甚至达154万人（次）；到1996年，仅仅第一季度就有32.6万人（次）。

自然，韩昌鸿和母亲想要见面，必须选择香港。

香港，一时之间成为无数家庭希望的聚焦点。

香港，怎么去？

在接到母亲韩周雅云请蔡国基代笔的家信后，韩昌鸿思念家乡、思念母亲的心情更加强烈了。

当时的台湾，退役的老兵们都吵着要回大陆看望亲人；而一年前的"华航事件"更是在台湾引起了轩然大波，王锡爵驾机到祖国大陆，明确表示"我要和家人团聚，我要求到祖国大陆定居"，让台湾当局恼怒万分，却又无可奈何。

在这样汹涌澎湃的民情民意下，国民党坚持了几十年的"不接触、不谈判、不妥协"的"三不"政策被打破了，两岸关系真正开始了破冰之旅。

韩昌鸿和蔡国基同龄，1987 年，他们都是 55 岁，还不到退休年龄。在台湾，当时男性公务员退休年龄一般要到 65 岁，但部队里的男性 54 岁就可退休，此时的韩昌鸿已经在一年前的 6 月 1 日办了退休手续。

在朋友们的帮助下，韩昌鸿返聘到一家与原单位关系密切的公司，从部队退休的同时，韩昌鸿不过是换了一套衣服，退休的同日就在附近的公司上班了。所以，虽然韩昌鸿已经脱下军装，但要成为一名可以在两岸之间自由行走的普通人，还没有那么简单。

此时，韩昌鸿却比从前任何一个时候都更想家想妈妈，因为从前严酷的限制政策让人感到绝望，但是此时，"三不"政策被打破，回大陆回家寻找亲人有了希望，这让年过半百的韩昌鸿激动不已。

他在给蔡国基的信里说：

请代为转告家母，我原计划在 7 月份辞去工作返家探望家母（注：母亲与工作，在我而言，母亲为重，工作仅为保持我正常起居，消磨时间而已）……

——韩昌鸿 1988 年 6 月 9 日信件

1988 年 6 月，韩昌鸿毅然向公司提交了辞职回乡探母的辞呈，公司却希望他继续任职，并允许他可以有事请假。

因为家庭原因，韩昌鸿此时和第二任太太生的两个小孩还很小，都是正需要为他们提供充裕的生活和学习经费的时候，贸然辞去工作，对韩昌鸿来说还不是很理性的选择。

考虑再三之后，韩昌鸿接受了公司的留任建议，没有坚持辞去公职，而是和大多数人一样，向公司请假，开始办理 7 月份赴香港旅游观光的手续。

归来后的韩昌鸿曾和蔡国基谈起过这段经历，因为和上级私交尚好，韩昌鸿跟上级告假的时候，不曾讳言，40 年了，他想知道在大陆的父母亲朋的情况，想和一别多年的母亲在香港见个面。

彼时的台湾，社会各界都积极支持回大陆探亲的老兵，机构募集款项，私人捐献，为那些经济条件不允许的老兵们捐钱捐物。韩昌鸿的公司领导批准他一个月的假，这让韩昌鸿与母亲在香港的相聚成为可能。

前文提及的好人杨先生为韩昌鸿不仅提供了他在香港的亲友联系方式，杨先生在港的亲友还去中国旅行社为他母亲韩周雅云和妹妹小敏办理了"港澳十日游"手续。

同时，韩昌鸿写信、打电话请在太仓的蔡国基协助办理韩周雅云和小敏去香港的手续，在信中他将蔡国基要协助办理的事务写得清清楚楚，办什么证要找什么人，什么证要去哪个单位办。

当时，从台湾到太仓的信，要先寄到香港，拜托香港的亲友从香港转寄，到太仓要两个礼拜，这样一来一回，要一个多月。

弟现在请旅行社办赴香港手续，据告之，港签证较慢，可能需要一段时日，俟一切手续办妥后，当将影本寄上，请交先生多协助为感。

——韩昌鸿 1988 年 7 月 6 日信件

按照规定，韩昌鸿在香港的签证有四种方式，分别为 7 天、14 天、21 天和 30 天，他办理了最长的 30 天。在 8 月 13 日的信中，他告诉蔡国基，他的签证大约在 9 月上旬可以办妥，等到他的入港签证一办好，他就会将签证的复印件寄回太仓。

在给蔡国基的信中，韩昌鸿不仅详细交代了办理签证的流程，考虑到母亲年事已高，韩昌鸿还为母亲、妹妹到香港是乘火车还是坐飞机提出具体方案。

另家母与敏妹何日成行，最好先电话联络，我会先至港接她们（注：最好先乘飞机，上海到港二小时半，如搭火车至广州［坐软座］据说要 30 多小时，再从广州至香港，亦要 4 小时，在家母身体言可能负荷太重，如家母钱不够，请兄暂时借用，当即奉还，其他事情弟当会妥然安排，总之，家母等成行时，兄说得对，除简单换洗衣服外，什么亦不用带，来港后重新购买即可。

——韩昌鸿 1988 年 7 月 22 日信件

考虑到路途遥远，身体难以承受长途奔波，韩昌鸿希望母亲韩周雅云坐飞机去香港，这一件事，他在两封信中连续提到，字里行间，一位远在他乡多年的游子对老母亲殷切的关怀之情溢于言表，对故友更是充分信任。

　　另弟希望家母她们在上海搭乘飞机，因上海到港只需2小时多，如乘坐软座火车，需30多小时，弟担忧家母体力不足，如购飞机票钱不够，请兄暂垫，侯小敏回家时，弟一定奉还，总之，一切拜托，有劳之处，容当代谢。

——韩昌鸿1988年8月13日信件

　　42年未曾见面，韩昌鸿的郑重托付，对只是故交的蔡国基来说，当然是源自对他最深厚的信任，而这份信任自然也是因为蔡国基的热心、重情重义！甚至连韩周雅云母女去香港要穿什么衣服这样的小事，韩昌鸿也会一一征求听取蔡国基的意见和建议。

　　不能直接通邮、通航、通商的两岸，让简简单单的母子相聚，变成了一次需要办各种通关手续、远赴千里之外的异地"旅游"。

　　韩昌鸿的入港签证并没有按时拿到，他只好先寄回太仓两份"入港"复印件，在此之前，他还将自己的其他证件复印件寄给母亲，以备不时之需。思念母亲至极的韩昌鸿只希望障碍能再少一点，母亲和他到香港的时间能再提前一点，他们可以申请待在香港的时间更长一点。

　　少小离家，没来得及在父亲面前尽一份孝心，不要让他再留遗憾，失去与母亲团聚的机会。

　　韩昌鸿在信中，一遍又一遍地托付老同学，询问办理签证的进展，打听母亲可以到港的时间，安排母亲到港后见面的地点和方案。

　　面对急切见到母亲的发小，看到白发老母亲的强烈期盼，善良重情的蔡国基收到信后，立刻开始帮助韩周雅云母女办理赴港旅游的手续。

在太仓市公安局，办事员跟蔡国基很熟，看到韩周雅云的年龄，她不无担忧地问：老蔡，这么大年纪的老太太了，还经得起从太仓到香港的长途奔波吗？

蔡国基郑重地告诉办事员，这对母子分离 40 年不见，母亲想念儿子，儿子想念母亲，这是人之常情啊。现在这个愿望终于可以实现了，对于韩昌鸿和韩周雅云来说，彼此的思念已经到达了巅峰，母子相见已经如箭在弦，不能不见，必须得见，纵有千难万险，也要见！

去香港的手续很顺利地办好了，可是如何保证老人家平安地去香港见到儿子又平安地归来呢？

蔡国基再次陷入了深思。

到了香港，怎么办？

按照韩昌鸿在信中的安排，香港、大陆和台湾的手续都办理好后，韩昌鸿和蔡国基开始谋划韩周雅云到香港后的行程细节。

韩昌鸿在信里交代，如果买机票顺利，他大概在 9 月 26 日提前到香港，定好酒店，去接站，这样韩周雅云和小敏到港的时候，出了车站，找到韩昌鸿就万事大吉了，这个方案最完美。

但是实际的情形难以预计，万一韩昌鸿没有按时买到机票，韩周雅云母女先到香港，又联系不上韩昌鸿，怎么办？

要知道在 1988 年，手机、微信还是未来的事物，在大陆甚至连电话都还没有普及，人与人之间的联系，主要靠写信。但是写信一来一回要一个月，等信到了，事情也过去一个月了。

韩昌鸿再三拜托蔡国基告诉老母亲，如果先到香港，就近找一家旅社住下，打电话给旅行社的万先生，或者打韩昌鸿台湾家里的电话，也可以打电话给韩昌鸿在香港的朋友顾小姐，他请母亲记好这三个电话，静静等待，不要心慌，他一定会找到她们的。

在家乡太仓的蔡国基也紧张不安，真要是那样，年事已高的韩妈妈母女俩，到了香港该怎么办呢？

因为公务，蔡国基去过广州，到过深圳，但没去过香港。在广州、深圳，人民币和港币可以通用，在香港可不可以用呢？

蔡国基考虑的第一个要解决的现实问题是帮韩妈妈兑换港币。

幸好有韩昌鸿之前托人带回来的 400 元美金，蔡国基感觉底气足一点，胆子也壮一些，他提前将人民币换成港币，让韩妈妈母女随身带好，以备不时之需。

坐火车去香港要几天几夜的时间，路上的安全就拜托给小敏妹，应该不成问题。

到了香港，怎么找到韩昌鸿呢？

蔡国基写了一个大大的牌子，把几处的电话号码都写在本子上，做好小纸条。细细地解释给韩周雅云，又一一交代给小敏。

他规划了三套方案。

第一套方案：车到站后，如果有人来接，他告诉韩周雅云："妈妈，您就举着这个牌子，来接您的人就可以看到。"

第二套方案：如果没有人来接，他告诉韩周雅云："您也可以举着这个牌子，请在场的公务人员帮忙，让他们帮您联系相关的人员。"

第三套方案：如果前两种方案都不行，那就直接去找一辆出租车。他把出租车要到达的地址也写好纸条，交给韩周雅云。

事实证明，蔡国基的这三条方案，实在是万全之策，在之后派上了大用场。

好事多磨。结果与预料一致，韩昌鸿没有能提前抵达香港。他临时拜托在香港的一个同事去接站，可是同事在车站并没有接到韩周雅云母女。韩周雅云和小敏只好启用最后一套方案，乘坐出租车去找韩昌鸿在香港的朋友，最后，她们被安置在一个旅馆里，在那里等待韩昌鸿。

从现存的信件中得知，韩昌鸿准备离开台湾去香港是在 1988 年 9 月 26 日，与母亲相会是在 9 月 27 日至 10 月 18 日之间的某一天。

1988 年 11 月 19 日，返台后的韩昌鸿在信中说："国基兄：时间过得真快，眨眼回来又过了 22 天……"

从这封信往回推算，韩昌鸿从太仓返回台湾是在 1988 年 10 月 28 日，那么他陪母亲妹妹回到太仓，是在 10 月 18 日——这是他们母子在香港团聚后大约 10 天后的事情，那么韩昌鸿母子相见大约就在 10 月 8 日左右。

白发母亲灰发儿

终于见到母亲的韩昌鸿很激动，50多岁的他一看到母亲，马上双膝跪下，抱着母亲大哭："姆妈，儿子不孝！"

掉头一去是风吹黑发，回首再来已雪满白头。

42年前离家的少年，归来已经是满头霜花。

韩周雅云也抱着儿子大哭，不能自已。

她盼星星盼月亮终于等到了这一天啊！

少年离家的游子终于见到了年逾花甲的母亲。

累积了42年的思念，在这一刻化作奔流的泪水，一滴一滴洒落在香港的土地上。

想到母亲年迈体弱，经不起剧烈的情绪波动，韩昌鸿努力抑制自己的情绪，一次又一次地轻声安慰母亲："好了，现在好了，我们团聚了。"其情其景，让在场的人无不心酸落泪。

这样的故事并不少。这一湾海峡，挡住了多少人回家的步伐！

据统计，从1987年11月到2013年11月的26年间，台湾居民来大陆累计达7639万人次，大陆居民赴台累计达1166万人次。

1988年10月第一次见面的情景，韩昌鸿多年后还牢记心头。他在1994年9月给蔡国基的信中，还提到这次见面。

第一次与家母在香港见面，家母盘着腿坐在床上，我叫了一声——姆妈，她就哭着跟我说：昌鸿，现在什么东西也没给你的了！我即抚着家母膝盖说，你给我两只手，两只脚就够了，如果说，你养了儿女成人，再回头伸手向你要东西，我想亦不是什么好儿女。

我安慰家母后才停止哭……

——韩昌鸿 1994 年 9 月 13 日信件

相隔近半个世纪才重新见到母亲的韩昌鸿安慰母亲：这四十多年在外漂泊，正是母亲给予儿子一双健全的手脚，才得以在外谋生自立，有此足矣。

世事沧桑，在父亲去世十年后，韩昌鸿能在香港顺利见到母亲，向母亲尽情倾诉分别四十多年里的点点滴滴，让韩昌鸿聊以自慰。

他深知这一切都离不开好友蔡国基的帮助。一到香港，他就给蔡国基打电话。

蔡国基身在太仓，远隔千里，他由衷地为韩昌鸿母子的团聚而高兴。但在高兴之余，蔡国基还在为韩昌鸿母子操心。

1988 年的大陆，生活水平很低，和已经是"亚洲四小龙"之首的台湾相比，简直一个在天上，一个在地下。

在台湾人看来，大陆很落后，人们的生活太穷太苦了。

在大陆人看来，台湾人真的很富裕，很现代化。

韩昌鸿月入过万元，蔡国基一个月的工资不过百块，韩周雅云领养的女儿小敏月收入很少。

可这么多年来，是小敏陪伴在老母亲的身边。

蔡国基专门写信告诉韩昌鸿，要在经济方面多帮帮小敏，尽量满足小敏的需求。

陪着母亲、妹妹在香港游玩时，韩昌鸿给她们买各种吃的、用的，当时台胞回来都流行买金银首饰送给大陆的亲朋，韩昌鸿也毫不吝啬地给小敏买。他知道蔡国基说的都是事实，他要好好感谢小敏妹妹。

当时，两岸政策的模糊不明朗，让分隔两地的亲人们时刻都会感觉到头顶悬着一把达摩克利斯之剑，大家更加珍惜相聚的时光。

陪母回乡，故友相见

有一天，蔡国基正在上班，小敏突然找到他："老蔡老蔡，快来快来，我哥哥回来了，陪我们回来的！"

这时候，距离韩周雅云母女去香港大约 10 天。

蔡国基很惊讶：韩昌鸿回来了，韩昌鸿回到太仓了？

他有点不相信自己的耳朵。

普通台胞回大陆都要经过层层审批，韩昌鸿虽然已经退休，可他曾经供职于军队，退休后再就业的公司也还是和之前的单位关系密切啊，没有上级的正式审批就私自回到大陆，是要受到严厉处分的！他有可能失去在台湾的一切：职位和即将到手的退休待遇，甚至更多惩罚。

韩昌鸿的举动出乎蔡国基的意料，他本来以为，在目前阶段，韩昌鸿和母亲能在香港见一面，团聚一段时间就很完美了。没想到他临时会回大陆家乡！

片刻惊讶后，蔡国基转念一想，回来更好，韩昌鸿他也该回来了！他告诉小敏，一下班，就去韩昌鸿家。

原来，陪伴母亲在香港住了 3 天后，得知父亲已经去世和更多家乡其他亲友的信息，韩昌鸿对家乡的思念之情更加强烈。而面对 40 多年才得以见上一面的母亲，韩昌鸿更难再次分别。

只有陪护着老母亲平安返回太仓，与故乡来一次久别相逢，他才感觉四十多年的乡愁能够稍稍得到慰藉。

后来，韩昌鸿告诉蔡国基他当时的想法："我什么也不管了，我什么也不怕，我也不要什么了，我就要回大陆去，我要送姆妈回家！"

韩昌鸿毅然决定立即陪同母亲回大陆家乡太仓。在香港，韩昌鸿临时办理了回来的手续。

这个念头也不是韩昌鸿临时起意，他在离台赴港前就已经写了一份报告，做好方案了。他拜托台湾的一位朋友，只要他一回大陆，就代他把写好的报告交给他的上司。

韩昌鸿和蔡国基的相见很平静，也许是之前就有多次的书信往来，彼此在信中多次诉说过别后相逢的激动和喜悦。

真的面对面相逢后，两个儿时的朋友反倒是平静的，他们互相看着，你看看我，我看看你，有些陌生，但又能找到熟悉的感觉。

此时无声胜有声。

终于，蔡国基开口了："昌鸿啊，我们这是有多少年没有见面了？"

韩昌鸿说："是啊，是啊，一晃四十多年了啊！"

彼此看着对方因岁月而改变的面容，旧时少年的轮廓依稀还在。

韩昌鸿的口音变了一点，带着一些台湾腔，但还能和老朋友说太仓话。

"你倒还是以前的样子，只不过这个头上的头发比我少了一点。"蔡国基比画着，开起了玩笑。

真的相逢后，唯有幽默才可以化解和冲淡分别多年后的不自在吧。

"哪里，哪里，老了啊，国基兄你倒还可以啊！"

"我们一样，我们都一样，身不由己啊。"

寻常的寒暄里，他们都看到了，彼此之间除了隔着岁月山河，还有些其他的东西。

毕竟他们从小学毕业就分开了，四十多年的时间过去了，两个人的经历完全不同。

两个儿时的朋友，长大后一个在人民政府里工作，一个在国民党的军队里服役。这是事实，客观地摆在那里。

对韩昌鸿来说，离开大陆后的岁月里，他一直在国民党的军中服役，他无法回家，不能见母亲，但那是他大半辈子的工作和生活啊！

对蔡国基来讲，他的经历和共产党的领导分不开，从新中国成立后参加抗美援朝，到改革开放后成为太仓卫生局的一名干部，是共产党带领着他一步步走到现在，党的恩情是说不完的。尽管没有正式加入中国共产党，蔡国基对党是绝对忠诚的。

在那个时间，他也吃不透我这个人怎么样，毕竟我们从小学时就分开了，40多年了，现在我在共产党这边，我知道他有这个想法，是我统战他，还是他统战我？

——蔡国基 2018 年 4 月 2 日采访录音

蔡国基知道，处在韩昌鸿的位置，韩昌鸿的心里很矛盾，考虑的问题也比较复杂，他要让他放心。

蔡国基说："昌鸿啊，我跟你是老同学，发小，老朋友啦，你看我在政府工作，没错，我是在政府工作，为人民服务，共产党是很好啊；但我也不是来做统战的。"

——蔡国基 2018 年 4 月 2 日采访录音

这样说开后，两个人都轻松了不少，彼此开起了对方的玩笑。

韩昌鸿刚刚在台北贷款买了一套200平方米的新房，正要装修；

所以看到蔡国基住的房子，韩昌鸿忍不住说：国基啊，你家的房子老了，赶快去银行贷款买新房啊。

这种观念在蔡国基看来却颇为新奇，那时候贷款买房在大陆绝对是一个新鲜名词。

思乡心切的韩昌鸿护送母亲、妹妹回到阔别40多年的老家，这一回，就是一个月。

老家，老母，老友，彼此之间的牵挂、思念，有什么阻得住、隔得断？

返回台湾后，韩昌鸿立即向公司递交辞职报告。他与母亲已经分别得太久太久了，他要在老母亲余生不多的岁月里，用更多的时间陪伴她，来尽他的孝道。

母亲年迈，随时需要他回乡探视、奉养，他不能再为工作羁绊，他要自由地在海峡两岸的两个家之间来往！

國基先先/台唔：

　　又来打攪了，上（6）月中间曾寄上一信，想已收悉，近況甚佳吧！甚為念念。

　　目现正诗旅行往福恭香港手續，惟据告今港簽証艱慢，可能需一可時日，俟一切手續辦妥後，当将影車等X，正於家母需辦什麼手續？尚請兄從中協助，前信亦說過，請兄先生多協助為感。

　　另外我想請兄代為查告幾件事，请不要向家母說，經兄協助通信後，迄今我不知道家舅周菊生近况如何？我又不敢問家母，怕有不好事，傷家母心；其次，小敏她先生是做什麼的？兄說她要寄信給我，但迄未見来信，我前次寄信給小敏，因考量與她未見過面，難免覺伊生疏，所以我寫得比較恳切，并一再请李明哥馆欢迎她来我家，是希望拉拢我与她之距离（不必定有否看过那封信），但这半见回音，我就不必索回了。据据先生回来告我，她很热心，前说她要陪家母赴香港，不必现是否有变？最近，大陆门外我二伯伯家，不必现况为何？转往堂兄、姐，及近况为何？如兄知道，亦请一併告我，谢谢！

　　顺祝

阖府安康！

　　　　　　　　　昌湖玉敢上 88. 7. 6.

國基吾先生晤：

　　來函於7月21日敬悉，不过我觉得很奇怪，以往之來件，均至九天可收到，而这次達14天及16天收到，不知是否其他信件太多而延误，呀唉！

　　承蒙家母會面事，再將之嫂家幸似鷄尺不寧，實在不好意思，在此致影分歉意與謝忱！

　　前次之封沒「天下父母心」，真是对子女可谓無條件的獻出，連見媳婦還要改變给什麽見面禮的中而煩脑，我做兒子的難了真是汗顏，该对家母说不要愁的太多，亦是多此言，只要保重身体，就是最佳之禮物。

　　関于到港会面的安排，只要我入港電話一講，我即與楊先生連絡，亚將証件全部影印寄上，已拜詩引協助在太倉女会办手续或在港中旅社办旅游手续，当一併奉告。另家母此数趟何日成行，最好先期电话（02）P34-0600 连络，弟会先至港接她们（註：最好乘飞机，上海到港二小时半，如搭火车至广州（坐软座）据说要30多小时，再经广州至香港亦要4小时，在家母身体言可能负荷太重，如家母钱不够，护照亦暂时借用，当即寄还）。其他事务弟当会妥为安排。总之，家母等成行时，之诸/行对。除备简单换洗衣服外，什麽亦不用带，来港以轻便购买即可。

寄来之邮票印刷还不错，兹随附些当地邮票数张，请笑纳，下次弟再寄整套邮票参观。

家母事尚请多劳心，在此再致谢意。最後

顺祝

新年如意！

涂召敦上 88.7.22

國基之如晤：

　　七月廿九日函，投本（8）月十一日下午收到，真是謝謝您告訴我那麼多的事情。經推讀四、五次，內心感觸喜悲參半：

　　喜的乃對我的事情，那麼熱情關懷。有時习得，我倆可能前生是親兄弟。今生雖不是親兄弟，但幸運又同學一場，友誼極佳，內心確是很感激；其次，真想不到只伯的兒子陽生等，對家母那麼好。在家時因年齡較小，與他見面的次數僅二次，因為他們住在東門外鄉下，且很少往來。不過在我回憶中，他是忠實，厚道的人。夫婦倆開一小店，工作認真（註：只伯家環境不太好，只伯又沒工作）。他們現在在城內，不心是否那時家父與二伯倆人合資在西門外開了一個店，給只伯負責店務。時事稍理。總之，他能對家母關心與照顾，當視同身受，來生會再好好改意。

　　悲的乃家父四別吾兒後的已辭去，二伯的老大，老三都已去世，內心很傷感，真是時光無情，衰哉！　多承那佳事事，兄對敘述的那一函，乃再三推讀。想不通他怎會對家母如此無情。除我在外不心其它事情外，尚在家母心。家事由上海到我家，家母對他的照顾……又反他很傷理不對的事情。家母夹在中間，那種苦心非將這文章詳解寫出。家外祖母

/ 063

的差事，是家母一手处理。以及为他成家立业，而仍未见其好。我这外甥除了家母外疏，但看在家外祖母的份上，亦只能说遗憾了！ 已接先宠小敏夫妇的一函，亦感想甚多，现在的主人，锦上添花的人甚多，雪中送炭的人宠在太少了。不过小敏夫妇，知识程度颇高，在乳眉得一定较重，她们的心态是可以理解的。但家母托小敏回家住几岁，不论怎么说，家母已年高岁，且俩住在一个屋檐下，僮多一双碗筷而矣，家母仍有己煮饭，宠至是后不过尔，毋为家母悲，同时做儿子的我，惭愧！当然这种事将即将过去，不现呢，想很快见到家母，在家母有生之年，尽一点做儿子应做的事，期望渡过愉快的晚年。

到港会晤事，因为港规定签证区分 7、14、21、30 天四种，我因签证 30 天，时间较长，今（13）日又与旅行社连络，据告须宴直下（P）月上旬可办妥手续。只要证件一到手，即将影本航快寄回家，那时商议到程中多协助办理到港手续。另多希望家母她们在上海搭乘飞机，因上海到港只须二小时多，若乘坐较慢火车，只须 30 多小时，不担忧家母体力不足，在购飞机票钱不够，诸多帮垫，俟小敏回家时，不一定算还，统之一切拜托，有劳之处，容另函谢。

　　最后，顺祝

如意！好年！

洪家敦之 88.8.13.

　　童话心向

　　大嫂问好，以及之亲家一器英壹姊问好。

另：钢笔，以及不论小敏妹带去，因这边信纸醇外，必有硬卡，邮寄不便，诸谅。

國基吾兄／如晤：

　　八月廿一日大扎，已於九月三日收到，拜讀後得知兄／有一圓滿的家庭，真是可賀可喜，多一使我羨慕的兄能利用機會在外遊山玩水，這就是懂得如何按排人生。尤其我國河山，就是全世界各國，亦比不上我國，我雖不幸像到府親自各名勝區遊玩，但不幸者尚算小幸，我最近買了一套（5卷）「話說長江」的錄影帶（經由江起源—四川直至楊州、蘇州、上海出口），在家觀賞一路之景色，真是美不勝收。我亦看過「大黃河」，「廣西桂林」等影帶，深感做為一個中國人是可以值得慶幸，兄有機會可以親到現地觀賞，不負此一生也！至於兄來台之事，我是非常歡迎兄嫂同來，雖這邊沒有大陸景色宏偉，但有幾處尚可看看，但之最之蒼早日解除一個「結」，促進的團聚，以盡地主之誼。

　　此信本該早日回覆，惟因與旅行社連絡，據告形之入港簽証即將獲得，因以延至此送今，尚請見諒！茲隨信附上「入港影本二终（注：吾前寄给家母我台湾出入境签证及户籍誊本各山份，不知收到否？）顺送到协助家母及小敏办理赴港手续，並争取车时间上越快越好（注：吾预定九月廿六日赴港，不知是否能配合）。[如果早点办妥，因我观摩时可赴港。]因屏之入港签证时日有限，並诺代家母办入港签证三個月，好好代我乡别之母子圆眠时日务一点，尽一终人子之孝琢，至於到协办情形及家母何日来港，诺穿信告知（地址：香港湾仔高士打道64至66搪华厦大厦16下A座萬先生转交吾即可），最好能直拨吾家電话台湾台北市（02）P340600，於现每日下班（下午）五時卅分以後，及星期六中午一時以後，星期日均在家等候佳音。终之，有劳之處，在此别致谢。　　最後，顺祝

阖府健泰，愉樂！

　　　　　　　　　　元昌濱　敬上　'88. 9. 8.

　　诺代向

　　舍堂妹蔡丽英院儀问好（诺告知书二伯母近况为何？）

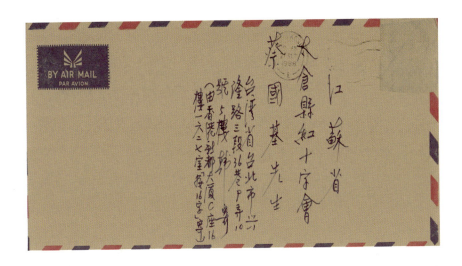

國基之3哈：

　　謝謝妳的协助。(3山家母赴港訊息，但確實何日抵港，仍請妳劳神杤助查考⼼日期，以及飛機班次(上海赴那何日何時)？俾便已機塲迎接。吾預空牟(九)月廿二日赴港(尚須看飛機票找到)，如家母先⼰港(P.撤)吾一定会见到)先找一家旅社(賓費)住下，可到用電話：8655666就找萬先生(为港托赴港之旅行社)查询是否已赴港，另外尼住的地方電話：5646116或5616P>3就蔡美纯女士(順兴「旅遊」貿易公詞)，另一電話：5450350就顧芝芳小姐(蔡小姐係家堂之鄰居，現搬至香港居住)詢問。请家母不要⼼慌，吾一定会去找她们的。

所寄此信，主要因與家母連絡不方便，兄將三處電話號碼告知弟，請代轉告家母，免在香港失去連絡，則更糟了。有勞之處先在此致謝。同時請告知弟連絡電話，弟到港後，會以電話與之連絡。專此   順祝

嫂夫人及弟家屬：快樂！

洪永欽上 '88. 9. 19

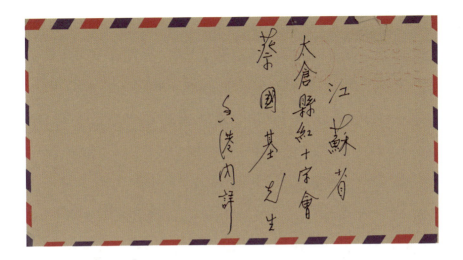

国基兄:

　　时间过的真快,眨眼回来又过了22天,早早该写信给您,一是回家后身体不适(患感冒及咳嗽),看了一次病,现已好多了。二是材料而已,这封信是最后写的,主要想与兄多谈之,请见谅!

　　这次回家,感慨甚多:第一对客之道,仍不是往昔(是中国人的单性吧!),在我知余的进了来泡,这种温情雅俗我难忘。尤其在府上,兄亲自下厨,皇戚的佳肴,更使我至今仍回味无穷。兄的文武全才,实在时间太短,否则,真想向兄学几招呢!确实兄今之成就,仍来非易,绝非庸凡及也!尤其家内佛局,书乡之气,不同凡向,美也!

　　第二,回家第一眼空气压迫家道没落之感,为家父骨灰强挥泪·痛哭一场·且你回家要妾什么？想到离家时的境况与现实比较·实是相离太远·尤其看到身旁的老迈母亲·痛在心头·不过·最大庆幸家母尚算最坚强而乐观的人·次到别人·经不起多款的磨练·愿今我母子仍得相见·谈起家母·我心中矛盾极了·原早要接家母来养庐·但又有及三个问题·①语言不通（这还是小事）。②从上午7时至下午5时40分·我们都不在家（小孩上学）·您只能看电视节目或报刊（家带来）·无其他可供您能消遣之事（这是最大问题）·家母在家乡蒙众多及诸亲友之关切·串门子及下午打一场不花钱的红生麻将·稍事观察·其生活充实些·如到养庐那就无此境况了。③又现住五楼·没有电梯·上下楼梯对年迈人而言·确是苦事·以上三者·经再三考虑·仍坦诚相告·不然来养庐后又闹着回家·那就易事了·因此·是否来养庐·有家母自行决定·但家母不来·不逸家风又时之思念·家母现身体健康·还无问题·不有一点病痛·可能就无人照料·主要小敏妹年纪虽不小·但还是不太懂事·真伤我两难也！

芳三：谈起我那住妹之——小敏·在一个月的观察·心地並不坏·可能不家境关系·没有好之教育起·心

且口快，有些场合，不管人听了其话有何反映，她就说了，这样就给家母心理不适泰。另一方面，讲句通话，家母对小敏亦有点所见，是当面对家母说这是不对的。您亦承认，这样就难相处了。已经写给新信中意见「要少就己们的姿态对小敏」，老实说，我心想就是太子，她是家父、母喜欢而领回，我当然对其另眼妹视之。这次在台就给她买了手镯作见面礼。回香港她闹口买"链子、手镯、衣服等"，我就付钱，连代其大嫂、姐、买的手饰，我亦分文未取，再加入家托买物品她已拿的钱"（1,700元人民币），作为将家母来港之旅费，临走我又给她500元（人民币），以上无其我花了多少钱，为讲这些话给己听，只表示我对她如何（即表功）？讲句坦诚的话，咋一希望她善待家母而矣！因此，我并再三劝其滚家母一旦，她亦答允，但亦希望家母对小敏在观念上转好一旦，当然，我又走了，是否有改善，不知道，这是我最不放心的事，请己成既时，闹道小敏，同时劝慰家母，一了锅子吃饭，有什左好多的，反之，给外人看笑话，对吗？

苦也，光阴不留长，我俩一眨眼即已花甲之年，秀到己己升为祖父级了，我很羡慕，嘆！反观自己，除了女子已成家外（他尚未打算结婚），尚有一对小儿女，还有慢怕的一些教育历程，是否能成材，尚在未知数中。说句真心话，这是我自找的。所以说人生不可走错一步，像我是越走越远，悔之晚矣！否则，我现在的环境可能要一点，但又何想必说。现在内人除心情易激动外，很照顾家（以前内人来很好），尤对小孩的照料，全力以赴。在我人生历程即将60年最大庆幸获（另二位内人均不错，要错就是自己了，惭愧）！（来信时请确再慎率要）。

最后，我想拜托之者，就是我最不放心的是家母，请多有空常到舍慰老人（不会酷我吧！），有问题请代为设法解决，不能解决，请即函告吾，只预定在明年或后年七、八月间再返家，到时我们好好喝一杯，如何？

聊的不少了，就此搁笔。请常来信指示，为盼。

顺祝

阖家健康、快乐！

弟 正文

1991.11.8.

请代为转交二封信：

之敦家

小敏

妹：

離別時看到妳紅着眼睛，流着眼淚，內心非常痛苦！我雖沒有紅眼流淚於外，可是我心如刀割，看着年邁的母親及如同同胞妹妹的妳，我的眼淚是流向胸中，行於內，否則只有放聲痛哭，行嗎？還有含淚迟迟痛苦的進入候機室，孤單、寂寞之情擁向心中，哀哉！妳能理解我的心情嗎？！

8時20進入機倉，我雖接排在窗口坐位，起飛後美麗的景色，我沒有心情欣賞，閉目在腦海中回憶一幕一幕這個月與闊別40年的老母見面，以及我與妳相聚愉快的日子，但又很快的過去了，難過的心情又擁向我的胸口，妹，妳可知道我胸中的痛苦嗎？

下午接到妳的電話，心中稍許覺得舒暢一點，如果電話不要錢的話，我可能永不放下電話筒，因為，我好像對妳永遠講不完的話在心中，奈何？是要錢的，可能又是一個月的薪金去了罢？真對不起。

這一個月來妹對我日常生活飲食起居的照顧，發於我內心的感激妳，亞以再表達我對妳的感激——謝！。

现在在我心中最不放心的就是母亲跟妹好。母亲虽身体健康，但不能否认已81岁，需人照顾。我衷心的希望妹多替我费点心照顾她。我说这句话，请妹不要误会说妹不关心母亲，非也！这个月我经旁观察，妹虽有时说话欠考虑，但母亲有时亦有未了解妹意而发火，但妹要记得"天下无不对的父母"一句话，即使母亲错了，亦应有忍耐。换言之，尽一点做子女对父母的孝心，总括一句话：我不在家，请妹委屈替我受过，我是永不忘记妹的。有急事通电话，平时希望妹多给我写信。我一定今后每星期给妹写信，如事忙，一个月亦写二至三封信给妹，以解母亲跟妹想念之情。其次不放心妹的是妹身体，妹一定要听我话，去看病，更要吃药，今后写信我一定每次叮嘱。

时光已不早了，现已晚12点正，明（2月）晚8时后可到妹卡嫂子家。30日晚回台北，我会再写信。

最后，照的相片只有四卷（我记得好像是5卷，不知是否对）今下午已全部洗好了，但色彩不理想，不知何原因，等许浩如来港时带回（因寄不好寄）。许老子的事，我已给陈先生（就是代）说了，没有问题。祝健康快乐！哥 88 2 28

告诉如一声

敬爱的妈妈：

　　儿於上海機場6時起飛，抵杭州僅30分鐘，另又辦海關、機票劃票等手續，於8時30分起飛，至香港11時30分。明天晚7時20續飛台灣，約晚8時可安抵兆珍處。30號晚回台北家中。

　　時間過得真快，一個月母子團聚的日子，在愉快中迅速過去。今天從與媽媽離別起，直至陳先生接排兒住5號房間，內心一直覺得失去什麼？有孤獨寂寞之感。尤其看到5號房間床位，又使兒連想起媽媽與敏妹住過的房間。今天兒再溫舊夢，真可謂"喜憂參半"，衷心哀求上蒼賜我母子很快再團聚，同去多一遊樂區玩玩，期能使母親身心愉快。

　　今就匆匆寫到此，回台後當再多些稟告。

　　最後，敬请

福安。

　　　　　　　　　　　　儿（鴻宇）敬稟 '88.10.28於TT.

附"台脫記"，如需用，可用。

妹：

今（27日）晨醒時，已想到
妹舆我在父親坟上照的相，
現底片，经再尋找，已找
到了，並已影好，本放在陳
先生處，待许浩如来港時
带回。

另附给许浩如信一封，请
鶴林兄速送去，謝謝！

想妹的平字
10.27晨

第四章　宝岛相会

随着年岁渐长，韩妈妈的身体状况令韩昌鸿越来越担忧。他屡屡在信中叮嘱母亲注意营养、保健身体。在给蔡国基的信中，韩昌鸿将自己的忧虑反映给这位好友，请他一同劝说韩妈妈一切以身体为重。

请母亲来台湾安度晚年，是韩昌鸿一家人的想法。但台湾的家在五楼，母亲年迈，爬楼不便，又没有差不多年龄的老人聊天说笑，韩昌鸿怕母亲住得不舒心。前思后想，韩昌鸿最后还是接受儿子的建议，请韩妈妈先来台湾小住；如果住得惯，就申请长期居住。自从下定决心在台湾奉养老母亲后，韩昌鸿与家乡的老友蔡国基再次密切地通信，委托老友，配合办理韩妈妈去台湾的各种手续。在往来的信件中，他们谈各种具体的细节，一切只为让韩妈妈早日去台湾和儿子一家团聚。

韩妈妈终于如期赴台，韩昌鸿一家欢喜雀跃，为韩妈妈接风的宴请不断。然而天有不测风云，在韩妈妈抵台一周左右，突然口吐黑血，继而晕倒。韩昌鸿将母亲送到医院，被医生告知韩妈妈身患肝硬化。无奈之下，韩昌鸿强忍悲痛，护送母亲回到家乡太仓。不幸终于还是发生，回到老家后不久，韩妈妈去世了。

韩昌鸿对家乡的思念却更加强烈，埋有父母遗骨的家乡更成为他后半生割舍不了的牵挂。在此后的通信中，他向老友蔡国基尽诉心中的苦痛与思念，也为家乡太仓的繁荣献计献策。

母亲渐渐老了，怎么办？

1988 年 10 月和母亲在香港团聚，三天后，韩昌鸿不顾风险，毅然通过各种关系，陪同母亲回大陆家乡太仓，一解四十多年的思乡之苦。

这样的举动在当时来说，是要冒很大的风险的。他很有可能在回到台湾后，失去工作，退休后领不到养老金，甚至可能被台湾当局关押审查，身陷囹圄。

在台湾没有完全开放赴大陆探亲之前，很多台胞即使到了香港，见到亲人，也只敢近在咫尺地从香港眺望大陆，不敢再往前走一步！他们从香港九龙车站乘车过来，送家人到深圳的罗湖车站后，不敢出站、出海关，站在出站口远远地看着家人回大陆的身影，然后坐车回到香港，再从香港返台。设想一下，这是一种怎样的悲喜交集？

韩昌鸿敢主动迈出这一步，实在难得！

回到太仓，韩昌鸿的父亲已经在十年前过世，韩家明显家道败落。跪拜亡父时，白发苍苍的老母亲流泪站在一旁，斯情斯景，令韩昌鸿痛上心头。

四十多年后归来，还能看到老母亲，对韩昌鸿来说已经是一件万分幸运的事情。要知道，更多人归来只看到父母的坟冢！

这一年，韩周雅云已经 81 岁了。之前四十多年可谓完全不知道消息，想担心都不知道从哪里开始，现在知道母亲的消息了，一连串的担心又让韩昌鸿时常处于两难中。

这样的高龄，一旦生病了，就急需要人照顾。

韩昌鸿实在放心不下。

在太仓老家的这一个月里，他已经注意到母亲和领养的女儿小敏有时相处得并不和谐。返台后，他在信中再三拜托小敏妹妹，经常给他写信，或者打电话，告知母亲的情况。

然而，小敏妹不能做到让韩昌鸿放心。那年过春节，她就带着自己的老公、女儿去上海过年，丢下81岁的老母亲独自在家，这让韩昌鸿痛苦万分，无奈他在台湾也有家庭儿女，无法抽身回大陆陪母亲。

按照台湾当时的规定，在大陆的直系亲属可以去台湾定居，韩周雅云可以跟着韩昌鸿去台湾定居。

韩昌鸿有这样的打算，但是他也很矛盾。在1988年第一次回乡探亲返回台湾后，韩昌鸿写给蔡国基的信中，就详细提到他的困境：

谈起家母，我心中矛盾万分，原本想接家母来弟处，但又顾及三个问题：

1.语言不通（这还是小事）。

2.从上午7时至下午5时40分，我们都不在家（小孩上学），她只能看电视节目和录影带外，无其他可供消遣之事（这是最大问题），家母在家乡蒙兄及诸亲友之关切，串串门子及下午打一场不花钱的卫生麻将，从旁观察，其生活充实与热闹，如在弟处那就无此境况了。

3.弟现住5楼，没有电梯，上下楼梯对年迈人而言，确实苦事。以上三者，经再三考虑，仍坦诚相告，不然来弟处后又闹着回家，那非易事了。

韩昌鸿将家里的烦恼事说给蔡国基听，希望蔡国基夫妇能帮他出谋划策。

让年过八十的韩周雅云背井离乡，重新适应台湾的环境，的确是一个挑战。

如果她真的能够适应，那还真是件皆大欢喜的幸事。

韩昌鸿的长子已经在公司工作，次子和幼女都还在念小学、幼儿园，韩周雅云来台湾定居，不仅能与韩昌鸿母子团聚，还能在晚年享一享迟来的天伦之乐。

然而，韩昌鸿并没有那么乐观，除了考虑到母亲多年的生活习惯被改变后是否适应，还有台海两岸的政策在具体落实的过程中一直反反复复，让他始终处于两难的境地。

自从 1988 年陪着母亲、妹妹回到太仓后，韩昌鸿就一直记挂母亲，一般每年回来探视两次，还先后带了三批人回来，第一次带了他的第二任太太郭凤梅和丈母娘，8 岁的小儿子家豪，还有抱在怀中吃奶的小女儿佳蓉；第二次，带回了前妻兆珍和大儿子家骏；第三次是为报答已故铨叔当年对他的照拂，专程陪婶母回大陆各处看看。

母亲年事已高，随时都有病情发生，需要他回乡奉养，韩昌鸿和退休后返聘的公司只敢一年一年地签合同，虽然在经济上颇有损失，但他认为相较于经济考虑，他更希望能有时间孝顺母亲，多陪一陪母亲，以尽儿子的孝心。

大儿子家骏也很孝顺懂事，会主动给亲婆（奶奶）写信问好，甚至去美国迪士尼乐园游玩，也不忘记给亲婆寄一封明信片，让亲婆分享他旅游的快乐。

作为孙辈，已经成年的家骏积极建议父亲将亲婆接到台湾颐养天年，让韩昌鸿很是动心，但一想到面临的现实问题，韩昌鸿又犹豫不决。

1990 年 8 月 11 日，韩昌鸿接到妹夫俞鹤林的电话，得知母亲韩周雅云在家中不慎摔倒。

此时距离 7 月 16 日韩昌鸿上一次回家探亲返台尚不足一个月，母亲摔伤的消息让韩昌鸿焦急万分，不知道如何是好。

得知消息后，韩昌鸿立即行动，一方面与旅行社联系，咨询再回大陆的相关事务，另一方面立即写信回太仓，向蔡国基询问母亲的详细情况。如果病情严重，韩昌鸿准备立即回家，好在他这一年已经有同类的经历，手续一应俱全，再次办妥返乡手续只需要一个星期左右的时间。

在等待旅行社答复的时候，刚好收到蔡国基夫妇的来信，被告知韩周雅云的情况尚好，不用专程回乡探病。

这封信就像一场及时雨，让韩昌鸿悬着的心定了下来，只是因为母亲的事情，蔡国基夫妇又跟着忙乱一番，让他感动得无以言表。蔡国基的热心相助，让他们的兄弟情谊又深了一层。

面对这样一份深情，韩昌鸿唯有默记于心，千言万语都不能表达他内心的感谢之情，只好什么都不说了。

又一次，一切尽在不言中。

在给蔡国基的信里，韩昌鸿除了寄上蔡国基喜欢的邮票，还将自己忧心的琐事也说给蔡国基听。

现每次回家，总觉得家母房间太小，东西放得又多，所以我多次劝家母将大床换一张单人床，但是始终不愿接受我的建议，推脱有客人来住，可挤挤睡觉，其实一年亦没有几位亲戚过夜，但平日房间就弄得小小的，家母不愿换床铺，我也无奈也！现又说加了一张小床给余梅睡，我真想不出怎么放的，恐怕空间更小了，我想拜托兄一件事，再劝劝家母换一张小床吧！不要的东西丢掉，把空间弄大一点，进出亦方便点，何乐而不为呢？请劝劝家母吧！看看能不能改动一下，买张床不要多少钱，何况现在睡的床棕榔亦不行了，应该换换了。

前天在电视上看到谈老年人为何容易摔倒，据说年老后，因两眼视觉不平衡，另头后部有一神经的衰退，而易摔倒，老实说，我现在怕家母发生摔倒，换床铺亦是这因素，这次回家觉得家母身体不如前，尤其两脚无力，亦跨不大，上了年纪之人是不能摔的，摔倒易得"中风"，那就麻烦了，兄说的四点，我完全同意，真是要经常提醒家母。

——韩昌鸿 1990 年 10 月 1 日信件

在信里，他敞开心扉，将自己的担心和忧虑一一告诉蔡国基，请蔡国基帮他劝劝母亲，也许比起他这个儿子，韩周雅云更听蔡国基的劝呢。

虽然身处两岸，距离遥远，他们的心却紧紧地连在一起，一旦韩妈妈有什么事情，蔡国基总是主动积极地伸出援助之手，尽他所能地帮助韩昌鸿。

蔡国基忧他之忧，急他之急，在韩昌鸿的心里，他已经完全将蔡国基当作自己的异姓兄弟了，其信任和亲密程度甚至超过领养的妹妹和其他亲朋。

他的来信里也不再有那么多的客套，因为他清楚地知道，再客套，于他们之间的情谊而言，就是见外了。

他们是幼年的好友，现在的知交。所以韩昌鸿说：

家母的事情，还烦兄嫂就近照顾，有劳之处，容当后谢。

——韩昌鸿 1992 年 1 月 20 日信件

去台湾，探亲还是定居？

自与母亲联系上后，母亲的身体状况一直是韩昌鸿最关注和挂念的。尽管他每年都会回乡两次，但不能日日侍奉在母亲身边，以尽人之孝心，韩昌鸿的心里始终是愧疚的。

在春节前一天接到兄嫂书函，告知家母情况及家乡发展情形，心情特别舒畅，谢谢兄嫂告知那么多的好消息。

家母一年一年的增加岁月，但身体比我初次回家时逐年衰退，这是我最担忧的一件大事，我一直劝她多注意营养，多运动，但效果不彰，固执己见，不知此种情形，是否台湾所说的代沟……

——韩昌鸿 1993 年 2 月 18 日信件

作为领养的女儿，小敏一家对韩妈妈的照顾也尽了他们最大的能力；如今，亲生儿子韩昌鸿已经联系上，于情于理，韩昌鸿都要为老母亲做些打算。

韩周雅云这一生为了韩家，吃尽苦头，即使丈夫过世、儿子不知踪迹，她还是苦苦地支撑着这个大家族，在各房之间扮演着联络和沟通的角色，希望韩家人能如从前一般相亲相爱，互相扶持。

韩昌鸿是一个恪守和遵循传统文化的中国男人，他一直认为，对上要尽力伺候父母，赡养父母；对下要保护子女健康，为子女提供必要的经济支持；对朋友要尽力保持友谊，相互协助。

在香港和母亲团聚的时候，他就做了迎接母亲去台湾生活的准备——当时飞机票只买到香港，回太仓是临时起意。这几年，每次回乡或写信，韩昌鸿都会和蔡国基提到母亲来台湾安度晚年的计划。

每次回大陆，韩昌鸿不仅要辗转三地、舟车劳顿，花费也都不少，来回机票路费，回家后宴请亲朋好友，都需要不小的费用。

55 岁从军中退休时，韩昌鸿依旧身体健康，年富力强，另谋职业对他不是难事，也不断有其他公司请他任职固定工作，他都婉言谢绝。因为老母亲年事已高，他要随时做好回乡的准备，只能做些临时性的工作，如此一来，他不仅每月的收入要少一万多，还因此少了一笔可以发到 65 岁的退职金。

接老母亲来台后，他不用再两地奔波，还能从事一份稳定的工作，拿到足额的薪水，但他顾念老母亲定居后，是否可以真正开心地安度晚年，像在家乡太仓那样，过得舒心自在。

再谈家母事，弟返乡后，觉得在家乡最适合养老之处，四周邻居、家人、亲戚都不错，尤其老兄嫂对家母之关怀，我亦是非常放心，因为在台湾，我们都要爬四五楼，白天老小都不在家，确实不是养老之处，所以我不敢轻言请家母来台，说不定住上一个月就会闹着回乡，这种例子听得或者看得太多了，但愿家母能例外，为了家母来台事，我考虑了很久，再加上家骏亦对我说，请其亲婆来台玩，所以我下决心写信，说句真心话，我希望家母定居……

——韩昌鸿 1993 年 5 月 28 日信件

几年来，韩昌鸿一直苦思母亲来台之事，儿子家骏也在一边极力邀请亲婆来台湾。

家骏建议，可以先邀请亲婆来台湾探亲，按照当时的政策，大陆直系亲属赴台探亲，可以有两个月的时间。两个月时间到后，还可以延长一个月。这样，即使只是赴台探亲，韩周雅云也可以在台湾住三个月。如果这三个月住下来，韩周雅云习惯了台湾的生活，可以再申请办理长期定居。

家骏的建议，韩昌鸿觉得很可取。

韩昌鸿虽然接受了儿子的建议，但还是告诉蔡国基，到台湾是定居还是观光探亲，最后的决策权仍在老母亲手中。如果住得开心快乐，韩周雅云愿意定居台湾，那是皆大欢喜；住得不开心，韩周雅云要回太仓，他也遵从母令。不过就是各处手续麻烦一点，只要母亲能够快快乐乐、开开心心的，他麻烦一点也在所不惜。

1993年5月，韩昌鸿终于同意家骏提出来的方案，下决心请母亲来台湾，并在5月18日的信中告知蔡国基，再次拜托蔡国基夫妇在太仓家乡协助老母亲办理赴台的手续。

在台湾，韩家骏已将其亲婆来台之申请案，送交管理局，预计7至10天可办妥。

等台湾方面的手续办好，韩昌鸿会将复印件寄给韩周雅云，蔡国基就可以在家乡帮韩妈妈办理太仓来往香港的出入境手续。

6月2日，家骏顺利拿到亲婆的"台湾地区旅行证"，寄给蔡国基，同1988年办理去香港的出入境手续一样，蔡国基又开始了繁琐的办出入证工作：

1. 江苏（太仓）——香港
2. 香港——台湾
3. 台湾——香港
4. 香港——江苏（太仓）

按照韩昌鸿在信中写好的顺序，除步骤2的从香港至台湾，韩昌鸿在台湾已办妥手续；其他的1、3、4项，必须由蔡国基拿"旅行证"的正本在家乡太仓办，还必须在家乡办"入香港"两次的手续，否则，还是无法进入台湾。

此外，韩昌鸿还特别提醒蔡国基："旅行证"的复印件，还需要韩妈妈到香港后，换成正式的；并请蔡国基在帮母亲填护照的姓名时，记得在名字的旁边注上相应的英文，以便买机票时电脑可以识别。

因为当时两岸不能直接"三通"，太仓往返台湾的旅程变得十分复杂，蔡国基夫妇毫无怨言地承担起来，还不忘记去信告诉韩昌鸿一些细节，其中有一点，让韩昌鸿尤为感动。

> 另兄信内说，家母来台时，最佳方案是保密，这句话真说中我意，我不知兄有否发现，近年来我写给家母的信，越来越短，而换来换去就是那几句话。老实说，有的事，我想与家母商量，但事情未成，可是邻居亲戚全知，所以我现在什么亦不写，免得家事外扬，就这次家母来台事，我写了几封信，但回信时只字未提，相片亦不寄，可是，第一个告诉我家母愿来台者，却是上海一位亲戚告诉的，兄说，奇否？但我做儿子的，又能说什么？说了怕家母不高兴，那还不如不说为佳，此点仍需烦兄在家母处下点功夫，不要再向外宣扬，更不要说来台定居事，因我怕家母如来此住不惯，若要回去，那时又要解释一番了。
>
> ——韩昌鸿 1993 年 5 月 28 日信件

蔡国基为韩家的事情如此用心，着实让人感动。韩昌鸿不便向母亲解释的这些细节，都委托蔡国基帮忙。

为了事情做得周全稳妥，韩昌鸿关照蔡国基，为了保密，韩妈妈去台湾前不用请亲朋好友吃饭，也不要带除了换洗衣服外的其他东西；但他又怕母亲误会自己的本意，只好请蔡国基从旁将道理和他的担心说给韩妈妈听：

> 最后，请代向家母说明一点，此次家母来台系办的"探亲"，不要家母看了不高兴，若家母愿在台"定居"，来台后可改"定居"，如家母来台后生活不习惯，可在台玩三个月，一切决定均在家母自己，决不是"探亲"就表示不欢迎家母"定居"，此点一定要向家母说清楚，否则，人还未来，就一肚子气，那非我做儿子的本意了，特此拜托。一切办妥后，弟或家骏来家乡接家母。
>
> ——韩昌鸿 1993 年 6 月 2 日信件

不仅帮韩妈妈奔前走后地在太仓办理去台湾的手续，还在私下里做韩妈妈的思想工作，蔡国基付出的太多太多了，他别无所求，只是真心希望韩妈妈和儿子能够从此常相聚、莫再分离！

在蔡国基夫妇事无巨细的鼎力相助下，韩妈妈赴台的申请很快获得了批准。一应手续齐全，韩妈妈终于踏上了和儿子一家团聚的旅途。蔡国基夫妇立即用挂号信通知韩昌鸿一家。

孙子韩家骏专门回家接亲婆去台湾。

7 月 26 日，韩昌鸿回信报喜，告知韩妈妈抵达台湾后的情形：韩妈妈已经于 24 日下午 3 点 4 分抵达中正机场，一切平安，再次感谢蔡国基夫妇的帮忙。

几经波折，韩昌鸿全家欢喜团聚，他们对蔡国基夫妇更加感激不尽。

为了照顾前妻和第二任妻子的情绪，韩妈妈先到前妻兆珍处小住几日，再去婶母家看看，最后预计在 8 月 2 日到韩昌鸿现在位于兴隆路的家里。

一家人欢喜团圆，各处热情接待韩妈妈，看到母亲欢喜快乐，韩昌鸿的心里也宽慰许多。欢喜之余，他又想到母亲的长期定居和短期探亲的事情。他想请母亲多住些时日，即使是短期居住，也起码要过了春节再返回。

按照日程，韩周雅云于 7 月 24 日到达台湾，至 9 月 24 日满两个月，再延一个月，至 10 月 23 日，就一定要离开台湾，离春节还有两个月的时间，如果给韩妈妈办"定居"，之后就可无限期留在台湾，但大陆方面是否有这样的规定呢？

韩昌鸿又一次拜托蔡国基，向家乡有关部门咨询延期的相关规定。

突如其来的噩耗

就在蔡国基接到韩昌鸿7月30日的信件，准备帮他打听如何办理韩周雅云在台湾的探亲期限延至1994年春节后，再回太仓的政策时，一封来信惊呆了他。

韩妈妈到台湾，在亲戚间各处走走，先是住在韩昌鸿的前妻兆珍处，因为天气太热，兆珍处没有空调，韩妈妈又住到了韩昌鸿婶婶家去了。各处接风请韩妈妈喝酒，韩妈妈过得非常开心，一家人都沉浸在无限的幸福之中。

按照事前的计划，韩昌鸿现在的家是最后一站，也是韩妈妈台湾之行的目的地，韩昌鸿计划母亲在其他地方住几天后，就回到自己家里长住，最好是过完农历的新年再回大陆，故此，他特别写信给蔡国基，了解大陆这边相关的政策。

然而，大团圆的欢喜还没消退，一声炸雷响起，击碎了韩家所有人的快乐。

7月24日，韩周雅云到达台湾，此时一切正常，精神饱满。在韩昌鸿的前妻兆珍家里，一连住了三天。兆珍信佛，是个很善良的女人，与韩周雅云之间相处亲密无间。

孙子韩家骏的女友也信佛，得知亲婆来到台湾，也是热烈欢迎，虽然老人已经80多岁了，但怎么也要请亲婆在自己家住上一晚。

韩昌鸿的婶母，和韩周雅云是一辈人，虽然年纪小一点，但也是从大陆来，跟着韩昌鸿的叔叔在台湾生活。现在叔叔过世了，她也很想有个年岁相当的老人一起说说话，所以，韩周雅云到台湾的第三站，就安排在韩昌鸿的婶母处。

7 月 28 日晚，到婶母家，婶母准备好家宴，请韩周雅云吃饭。在宴席上，韩周雅云喝了一杯陈年的绍兴酒，吃了不少菜，大家都很开心。

几十年不见的亲朋相聚，吃吃喝喝，心情激动是免不了的。到台湾的短短一周，韩周雅云一直被亲戚们邀请赴宴。大家看她精神状态很好，兴致很高，也就没怀疑她有什么不适。

7 月 30 日中午，还在婶母家的韩周雅云喝了少许酒，吃了一只香菇、几块芒果，之后睡了午觉。

下午将近 4 点，韩周雅云在洗漱间，吐出了两团血块，她不知道身体发生了什么状况，害怕被儿子孙子们看到后惊慌，就把血块冲掉；又约过了 30 分钟，老人家开始吐黑色血水. 这些日子，一直陪在祖母身边的韩家骏马上带亲婆去婶母家旁边的小医院里就诊，希望可以止住吐血的状况。

下班后的韩昌鸿，接到儿子家骏的电话，立即赶到婶母家，韩周雅云的病情仍在继续，还是在吐黑色血水，韩昌鸿赶紧叫救护车将母亲急送医院诊治。

一周后的 8 月 9 日，忙乱焦虑中的韩昌鸿写信给蔡国基，在信中详细报告了母亲韩周雅云的病情：

> 现吐血已止住，但身上又突然发出紫斑，病的主因是"肝硬化"，因血无法由肝部流出，经心脏再回流肝部，使内部之血向大动脉冲流，而使大动脉血管拥挤，及至磨裂，所以引起吐血，现吐血虽用药物止住，但仍有肝昏迷，主因体内"阿麻尼亚"即"氨"太多，因此，现每日"灌肠"冲洗……
>
> ——韩昌鸿 1993 年 8 月 9 日信件

老母亲到台湾后 7 天突然发病，口吐黑血不止，最后只好急送医院，这不仅蔡国基没有预料到，对韩昌鸿来说更是晴天霹雳，刚刚相见团聚的欢乐笑声还在耳边，转眼之间，八十高龄的老母亲就躺在病床上不省人事，亟待医生抢救。

看着老母亲在病床上抢救受苦，韩昌鸿心如刀绞，恨不能亲身代母受苦。他欲哭无泪，急得团团转，在医院 24 小时陪护。

然而，生老病死乃是人生的必然规律，老天并不看在母子亲人好不容易真正团聚的分上而网开一面。韩昌鸿在信中向老友倾诉痛苦，甚至悔恨自己当初听信了儿子家骏的建议，接老母亲来台湾。

但所有的假设在现实发生后都如梦幻泡影，事已至此，除了尽心救治，日夜祈祷老母亲化险为夷外，韩昌鸿别无他法。

极度痛苦之余，他只能退后一步去想，母亲突然发病，自己能守在病床前尽力救治和伺候，到底是尽了一点儿子的责任，想想自己背井离乡 40 多年来，本来还以为有生之年不可能有这样尽孝的机会，这才略略宽慰一些。

韩昌鸿在信中告诉蔡国基：

现尽力医治中，结果如何，只有靠天命了，但不论结果如何，我一定仍陪送家母返乡，因心情不佳，收信请将此信给小敏妹看。

——韩昌鸿 1993 年 8 月 9 日信件

面对命途多舛的母子俩，收信后的蔡国基同样忧心忡忡，焦虑万分，可惜海天之隔，他有心无力，唯有祈祷韩周雅云能早点康复。

很多年后，在面对笔者采访的时候，蔡国基老人还是不胜唏嘘，遗憾、惋惜、怀念和无奈兼而有之地念叨着："老人家，不能激动，情绪上面经不起大喜大悲，所以老母亲去台后不到一周即生病……"

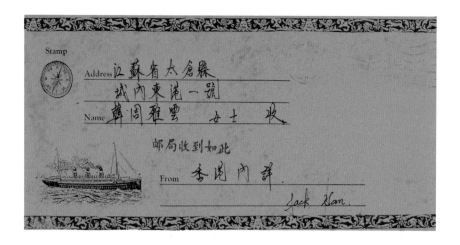

親愛的親婆，您好：

　　雖然，您和孫兒相隔數千里，但是，一見到您的來信，就好像書早後的甘霖，是那麼地令人感到欣喜和親切，幾千里的距離感，就在這一剎那拉近了。

　　現在已是十二月了，不知在老家那兒，是否已在寒冬的籠罩下而異常地寒冷呢？親婆您一定要多保重自己，在台灣生長的孫兒，實在無法體會老家的寒冬。雖然一陣子不斷地有寒風自北方而下，漸感寒意，但是，想老家的地理位置，比台灣更北方，所以請親婆您一定要注意身體，千萬別感冒才好。

　　您知道嗎！當我上個星期放假回家時，母親告訴我的第一件事，便是說：親婆來信了，並且一直催著我要立刻写信给您，雖然母親識字不多，但是卻再三的展讀您的來信，其興奮，欣喜之情不在操筆之下。倘若母親能寫信的話，我必當修復一封，以示懷念之情。

孫百小卯仰慕老家的壯麗山河，美好的風光，美以未能親眼目睹，而深以為憾。盼能在不久的將來，能和親婆一同共遊這個令中國人驕傲的山水間，共享人倫之樂，好嗎？最後敬祝您：

　　　身體健康，事事如意。

孫　家駿　敬叩

13.12.88.

Address：台灣省台北縣樹林鎮靜興街45巷16-3號四樓.

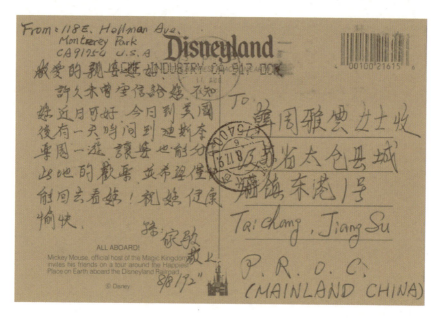

國基兄:

　　来函敬悉,每次以密信均为舍弟烦心,除深觉不安外,真是发自内心的感谢之,说真格的,舍弟连12岁的芳梅一共4个人,不知为什么这样摆不平,由这小之倒之,还摊大,真不当回事呀,只扎了。另一个感觉,在一位庸才的上司手下做事,虽然安费些心力,但可发挥自己的才能,反之,虽可轻松愉快,可花一点心思做好一件事,但必须依旧下来听着上司意思去做,否则一定过不了关,那有什么意思呢?对的家庭婚姻之事,不完全同意您信内一句话,家母的性格是"女强人"型的,以前弟一直向内人(芳梅)称举家母的干练,弟做儿子的也觉得很光荣,所以在我辈这一合房经济状况,可谓合房之首(因家父身险,家母能干),直到现在,家母虽已龄82,但自备脑筋清楚,体力硬朗,这完全不错,但不巧碰上一位脾气不好,又不能语的小敏,她如何能应付得了家母,再加骄生少孩脾气,所以更加合不来了。俗语说"冰冻三尺,不是一日之寒。"说句心里安笃弟的话,我也无能为力,只有靠立功之双方,奈何!?

　　其次,家母说小敏是像你嫁出的女儿,那合什么住在家内呢?前次来信还以我盖多多房不够真弄不清,不知任人之意?再说家母对这件事也没有考量清楚,不是住对好之的,突然安多多房不管句小人的话，为房子一卖，小姨可理直气壮的卖自己房子，拍拍屁股走了，那母亲又怎样呢？所以我在契约书下方加了一段"但书"，以后要卖必须经过我的同意或我有收买优先权。国基兄，我虽在外，不一定要住，但我很珍惜家父母一生辛苦从事俭省，而且仅存的一点房子，给人卖了。我就没办法回家父。讲一件小事给您知，家母在我离家时做的一双布鞋，虽被我穿破，现仍保留着，以前我还交代内人，我死后只要穿这双鞋去西方。现在在我身边好。还有一双破鞋及家父一件毛衫，其他的衣服都被家叔当破烂卖掉了（没有征到我的同意，卖掉几件都不知道），我很伤心，但又怎样呢？寄回去的契约，不知如何？可能也因看了我那两"但书"，不以为然呢？迄今还没有给我回信（有空请问问家叔母）。

另外，信内之自称身体问题，我很关心之咳嗽的事，你在卫生单位，应该对这问题极容易解决，找一位好一点医生看么，拖下去不是办法，只嫂的眼睛，亦该去检查，需要协助的事，请尽告我当尽力。

看了之二妹进我们照他很羡慕，还是么好，出外走走，好觉得这程人生。段涛外孙非常可爱，方头大耳，是有福之像，在此向么嫂问贺。写的不少了，下次再谈。最后祝说祝省你祝乐，专专此意！

濡
志政上
二.二.89

敬爱的姆妈：

　　時間過得真快，農曆春節過後又是一個多月了，近来好嗎？甚為念之！据士敏姊来信告知，姆妈福體健康，甚慰！

　　林家說帶的信及照片，返台後即打了数通電話，只有鈴聲，但無人接電話，不知道沒有人吃？抑是電話號碼變換，後根據只飲同鄉會通訊錄記載地址，將信及照倒寄去，未見回信或將原信退回，不知是何原因，兹將其地址告知，請林家寫封信訊之，地址：台灣省台北縣新店市廿張46巷21號4下(樓)。

　　其次，北京陸滄芝并来信，想打聽陸伯之在台結婚的那位女阿姨(貿鄉)，信之意思想與史連絡及問安，但我想可能又想史寄點其父之撫邱金(因他沒有問陸伯之骨灰事)，實際上史可能錢早已用完，當初錢(70多萬，那時錢很值錢，可買40坪以上房子，換現在可值700萬以上)領到後，我曾勸她買房子，她却推說買房子發生活有問題，其實她用錢很大，二個不爭氣的兒子(以前生的)，都是伸手將軍，另，陸伯之故世後，約二年後我們即失去連絡，所以無法告知史的地址．可能他觉得很失望．那亦无奈也！

　　妈妈前次媬決定分房子登記事．辦得怎樣？這次小敏来信告我，她不會賣一磚一瓦．我看了很高兴．老實說．我真怕她得了房子後賣掉．那時妈妈嫂亦無法阻止．所以我在"協讓書"下方加個"但書．她如賣．我就買．不管将来兒住或不住．在兒有一口氣在．兒會很珍惜父親與嫂一生辛勞所唯一的產業．保管完整無缺．再說．上次回家．您總覺得我聽她的話．您看這次我會聽她叫我盖章嗎？所謂"有所為．有所不為"．小事．因我要妈妈你在家鄉．尚須她照顧．給她一點便宜又何妨呢？大的原則．兒丝毫也不會馬虎的．妈妈．現在可知兒是有原則的．即是北珍與鳳梅．她们講得對．我會聽．講得不對．我殺乎不聽．不理．何況是小敏呢！

　　天氣慢慢暖和起来了．在身体硬朗時．到風景區去走走．兒想對妈妈福体更有益處．想開一點．存錢何用呢？需錢告兒．兒會設法等反託人帶．放心吧！

　　最後．請保重福体．兒待機會寄再回家看望媬。
致請
福安。

(隨信附上人民幣100元)

兒金和敬稟 8P. 3. 13.

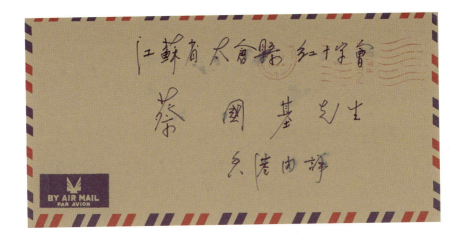

国基吾弟：

　　四月十六日之九、已于廿日敬悉，本该即刻回复，但因刚寄出一封信及邮票以毕，比以延至今再回信，请勿多见怪！

　　余这了家、人不多，申例不少，蒙弟关切及多方协助，非常感谢！说起小妹，年纪已四十，但其到西共思想仍未逢问题，比其脆之，如真是天地之别。讨了父母对她而满，上次寄信给我，说要去香港做工赚钱以盖房之，在我共她一个月的相亲，她更本不是做工的材料，花钱到里真的，讨以帮画信劝她好好在家，盖房子事不必我方设法，另劝她平日安静有點，不必她看能不能有何反映？唉！她的苦添诸之不受什离更演不上许多误会，不要怪她。

谈起身体健康与否？可经二方面来说，一是"生理"，是躯体质而言，另一为"心理"，这是观念问题，我很不容易详为解释，之比你复内科，不过以信上而言，好像严重一点，不要"心理"打跨了"生理"，你前次说经有咳嗽，偶珍现咳嗽好像只有气（量），车先现除环境下，应上道那位医生户取一点，最好诊他看之。要不致反引起了那应悲观，那是错的，去找医对诊下药，才是正道。老实说，我身上病亦不少，我都不去想它，更不去想有多大？一天到晚觉间还不错。一句话，你约应多运动，我家后面有一小山，平日没有空去爬山，到了星期天全家大小都去爬山，经上山到下山约一小时馀。平日在没睡前，每天用拖把把房间客（厅）廊拖一下，约半小时。一是运动。二可小孩吃过晚多冷在地上爬著玩，可谓一举二得。总之，你应去看医生，多运动，身体一定会健壮起来的，在此祝福身心愉快。

情况："……许多到台湾的机会可能少了，与你通信也可能减少……"。因信中未加说明，不知有何原因，是否有负罪之感，请详告为盼。

一时纸又写满了，下次再谈。最后　敬祝
身心愉快！

阖嫂健康！

昌　鸿孜上

10.5.8P.

國基兄、同珍兄嫂：

三月廿五日来函早已敬悉，邱淡一切元修顯示兄嫂對我们的關懷，在我60餘年的遊子来說，心嵌中覺得流進了温馨，在這人心不古的今天，是難能可貴的，我们会珍惜你们的友誼，並在此致誠摯的謝意！

函内說前车大师附小有位同学叫包祖望，的確他是在校時與我同坐一張桌子，個子比我高，你怎应見到他，而又談起我们的事，他近況如何？做何工作？談起同学，上次返家在西門汽車站邊（那天去沙漠我量烟灰）有一位女士，向家母及小敏説，認識我，且亦是附小同学，当時我已走在前頭，且年久已不認她，因此没有打招呼，事後小敏告訴我，至今對这件事内心還有过意不去，主因怕澳会我架子大，但实際事後才知這回事，所以我對这件事，倒有一個心願，希望下次回家時，你是否可連絡同学，我们聚之，談談往事，到是一件人生快事，兄覺得如何？

談起家父墓地事，我心裡總覺得有一種不安之感，真不了解大舍的人死後無葬身之地，雖不能全身土葬，最低限度给屍骨骸火投在靈塔，或埋葬在一小塊土地内，像一個樣子，指我看到其它省分（如浙江、安徽、湖南等）拷捉回来攜回墓地照片，遠是不错的。惟独大仓葬的好像是葬了一隻死狗死猫的一個小土堆，毫无人之尊严。这是我百思而不理解的。前次陆主任对我解说，对什么民族有什么规定，实在太懒(及对他辩解，而什么别的省有像樣的墓地，而大仓没有呢？难道同一個民族或信仰，还有不同的作法吗？据家母说，家姑母在安徽病故还是全身土葬呢！坟墓做的还不错，可能别人说我古板，但深入探讨，生而一個人，活着有房子住，死去要有一方塊地作安身之地这是最基本的。因此在我想法，家父养我们多年，活着我不能尽一天孝道。他已病故，生为人子的我，很希望为家父寻一安好的葬身之地而尽一份心力。即使我在台湾时我都那麼想(就是在乡村去找名家的一位高人)每季清明即坐汽(火)车约4小时找必到他坟上打扫一下堆点土，稽弄一下，以示怀念及尽点悼意。这是人呀！何况是我父親呢。所以我对这件事看得非常重。即使多花一点錢，我亦乐意。王柱之信上即说"已代韩振祥哥坟墓一樣落实好了"，我还是不懂，不是大仓要做"公墓"嗎？不知做好没有？老穿说，现在那塊墓地更卖不行，好像寄人籬下。为这件事，同时寄给家母一封信，并谈起墓地事，及兄有空的话，请帮助家母代为到乡间上，有否卖地的？为兄在此致谢致谢！

小敏事，就懒得再谈。来信的言词，确实使我失望。来波芬一次在香港见面时住的家庭式旅社老闆猜中，她要把我当摇钱树，那是做不到，且在家散到外面不实流言，非常气愤。同时家母并不体我及姨妈的意图，诸家父墓地事外，很不願提家裡的事。老实说，我回家主要看老迈的母亲，别无其它企图，更不会为家又辛苦一生现僅存的房產而爭奪。嘆！为人難矣！我一向有一个理念，人家对我好，我会加倍奉还，否则，我離得遠一点可以吧！少打交道，认识这個人为人就可以了，何必争執呢，我现在对小敏就是这種態度，为了家母在家，前曾寄贺年片及一封信，这今未見回信，我只有苦笑一下，有抬台溜下台，再不願读芽二句话，國基兄，你说我还能做什麼呢？

好了，不要谈这不愉快的事，前幾天寄家母一封信，附有邮票几套，說明送给之的，请之去拿一下，我再附上邮票三套，希望之们都喜欢，另在家鄉好像很难買到邮票，以後之不要免强寄邮票来，有一次我经过此地"邮政博物馆"外面（行人道），大法以前出的邮票一大堆，如：三国志、十美图等，从叁十元至数百元台币不等，要看邮票好坏而定价。（方浪和中山先生邮票台币200之八），因此，之购买来不易，以后请不要寄了，万当心领。

今天写的多一点，耽误之宝贵时间，继之，舍虚拜托多协助，有什么事，请亦不要瞒我，使我有一正确的判断或处理事情。先在此谢。

最后，祝福

阖第健康！萬事多意！

卢昌渲敬上

80. 5. 18（端午節）

国基兄：

承蒙兄之协助，方得在办

理返乡之手续中。唯机票

今已10日据旅行社告知确

定于7月16日上午8时由台北

中正机场起飞。12时30分

再由香港搭中国民航，飞

上海。约当日下午3时可

抵沪。我们在兄之下班后

可见面了。

以上谨告吾兄，请勿

必惊动家母及其他亲友。

弟抵沪从当雇请"计程车"

返家。这样较简单方便。特

此告兄。切勿告兄其他

亲友。拜托。见面详谈。

即祝

健康，快乐！

　　　　　　　弟鸿钧

　　　　　　　PO.629

国基兄、月珍嫂：

回台已一月、今才写信、非常失礼、尤其每次返乡、屡使之嫂破费、内心是万分感激、同时来不安。非之嫂请不起、而像我们挖同亲之厚、是无此必要、请句自己人的话、赚钱不易呀！当然之嫂的挚义、我是永不忘怀的、现二有在此厚颜再谢虔谢之了。

八月十一日晨接到鹤林电话、得悉家母不慎摔跤、(他们这样处理是对的)、真是不幸、乃可见姐人圆出很心高去宝、得知此种消息、真是焦急万分、因此我弟一早带旅行社电话查询、再去方法、将手续须多少日子、据告因我争中已有出国护照、二须一星期行可动身、弟二早即写信回家、再查询病状、如严重的话、我当再回家、现接之嫂来函告佳音、我们才刻放心了不少、为家母事、又害之嫂忙了一阵吧！除内心感谢外、我也不说什么了。

每次回家、经觉得家母房间太小、东西放的多、时以我每次劝家母的大床换一睡单人床、但始终不愿接受我的建议，推托有客人来住可楼梯睡觉，其实一季来没有几位亲戚过夜，但平日房间就非同小小的，家母不愿换床铺，我也鱼奈也，现在又净加了一把小床给拿来挡睡，我真不知怎应放的，恐怕空间更小了，我趁拜托之一件事，再劝之家母换一件小床吧！不要的东西丢之掉，把房间空间弄大一点，进出才方便点，何乐而不为呢？请劝之家母吧！看之能不能心动一下，买此床不要多少钱，何况现在睡的床棕榔也不行了，应该换之了。

前天在电视之看到读者手人为何容易摔倒，指说手者后，因两眼视觉不平衡，又头顶新有一神经的衰退，而易摔倒，老实说，我现怕家母发生摔倒，换床铺来是这因素，这次回家宽见家母身体不如前，尤其两脚无力，走跨不大，上了年纪之人是不能摔的，摔倒易伤中风，那就麻烦了，之说的四点，我完全同意，真是妥经常提醒家母。

随信附之邮票五套，这是我国家正月30日间出的，印刷还不错，望能喜欢，顺祝

敬祝愿健康！快乐！

宁岛鸿 争之 80.10.1.

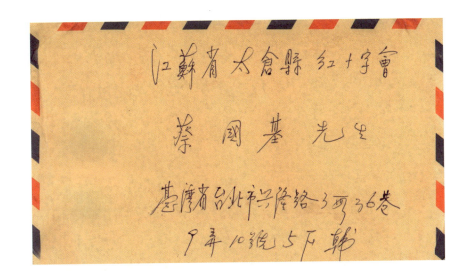

国基兄：
月珍嫂：

　　首先向你们抱歉，月珍嫂二月一日的大函，在当月八日收到，接信后即拿笔写回信，即且希望在春节前兄嫂可收到，可是只写了一丰，佳佳重感冒，发高烧不退，经送医诊治，因感染病毒，住了二天医院打点滴，才退烧，因此就将写了一丰的信打住了，后来一拖再延，直至今天才再提笔写信，实在歉意！不过有一句话一定要说的，即：回兄嫂的信，一直放在我心中，心理很着急，但仍一天天的延，非常不礼貌，请多多原谅！我想将上次一丰信中的一段话，写在下面：

……一年復一年，回憶我们在学校的情境，好像仍在眼前，可是經我自家排辈，竟然在我家"大房"的子孫中有人叫我「阿太」此種辈份，真是提醒我年齡已不小了，老實說，可能我的兒女年齡太小，身体又没有病痛，很少感到年齡已屈甲子，但経排辈回來後，在我耳邊經常聽到有人叫我"老伯"，看樣子不服老亦不行了，當兄嫂接到這封信時，我们又增加一歲了，想想亦是很有意思的，我们共同为增歲，還說身体健康，事事快樂！如意！

以上是信中一页的話，弘嫂看了有何感觸？正擬過春節亦現寫，并寄給家母信中敘述，那封信家母會給兄看的，因此，不再重複。

談起我们的工作，可說都是老本行，凤梅在公司內任打字員（中文），我是臨時的，約期一年，主因家母年齡不小了就不能訂長期的，有事說走就走，當然這樣對我很不好，我们此地可做到65歲，但60歲後为要再找工作是比較困难，但为家母亦是应該！做人子，一點孝性亦是应該的，有時想起家母一人在家心理很难過，据人告我，今年春節小敏全家去上海，丟下家每一人。我难过了几天，如果我没有家，一定会回家侍奉家母。不过，现在还是顺其之婢，真是不好意思。大年初二还在帮守店真是感慨万千。

兹随信附上邮票5套（计14张），照片3张请笑纳及留念。今天就寄到此，余以后再谈。顺祝

阖府健康快乐！

冯昌浪　系之 1991. 4. 7.

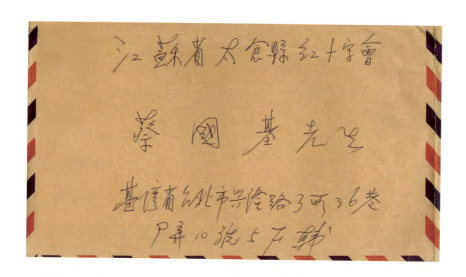

国基兄
月珍嫂：

六月7日事函致患，可是第三天仍未到俞桥穿信来。可能小敏不必在政仰苋花枪，家母病情为何？老实说，接信後很想返乡，可是回此地放者所何五天半，再加请线天何，那多人出国旅遊。现在各航空词班机均至上百人侯機（正常班机已客满）。现在要搭乘飛機简直比登天还难。已有此肩患。後亡告知家母详细情形，亦如使我心理准備。再说小敏之正常日班，家隆事不在该全交家母處理。上次穿信時我就要穿的若省免枝節，而耐了一下，终有問題来了。当然岳母爱好心强，但不能忘记年岁不小了，有时要把岳母接引事会，但又怕过不惯，闷着闷着（生种状况，此地发生很多）之的事，凤桥又说病一顿，连岳母事又不接。不过我国效康很多。之以岳母事怎好呢？还是生家乡好？请嫂辞息。弃好侯看下们况心。

春节转眼即屆，在此祝福之，媳万事为意。身体健康（注：这是最要紧），你们故我天阿，之可陪同大嫂去去戎之。你们放五天半，可能到各地走之。现你心岳母脸络悄相刊，对我的兴趣要打折扣了。

岳母的事请，还大顷之，媳就近比引，有劳之处，容当后谢！　　最后　顺祝

阖府健康，新春愉快！

岛德
放之
凤桥
P₂. 1. 20.

邾对邮宁式京

/ 113

国基吾媛

　　五月二日下午刚寄出致家母一封信。下班回家，就接到 之来函。非常谢 之意 ，为我看望我指导。

　　返乡到达上海时间，大改为二日致家母信内叙述，约六月一日14.13分到上海。这是照机场订的时间，但依我的经验，只会迟到不会早到。而且最要紧的，提行李等手续等，约须半小时。因此，家母只须在14.30分后到机场即可。只要我知道专车接，即使晚点到，我亦会在机场等。请转告家母不要急。

　　家母的性格，我太知道了。此次若不是洽家媳母回来，我是不会告知我的行动，否则就连睡觉都睡不着，又何苦呢？请转告家母，乘我们未回家之前，好好养养精神，家嫦母已定下，劝我陪她去"杭州"、"苏州"，还想去"桂林"玩，但我已劝她，去桂林在时间可能来不及，而且不顺路。我说要陪其去"南京"玩，不过，我在电话中告诉她，看时间再说吧！主要我不想违她的话，此次陪家嫦母回家，即要回报我在台湾时家故对我之照顾恩泽，我希望家母身体健康，同去玩玩。

其次，之应办之事，第一定能办到。同时可题于之好学之精神，尽甚觉惭愧；之提之即说今年台湾要出"无面额邮票"乙节，说真的，我还不知道，记得去年（91）年出国一套（二枚）无面额邮票，我已寄给之（即一对狮8），已提今年是否要出，我还不知道，只要出，我一定会照办。好了，余言见面时再谈吧！
　　　　　　顺颂

如莲：
　　　　　　　　　　　李昌鸿　手上 P2. 5. 5

/ 115

国基之嫂、之妹

　　三月十八日大札敬悉，谢^{..}之嫂告诉我哪么多事情，在全家中，弟最注意的两件事，即之退休及身体状况，说真的，我是过来人，在我的工作崗位必须在 64 岁退休（一般公务员 65 岁），平日上班惯的人，生活起居均有定规，一旦不上班，精神就会轻懈，弄不好引起身体不佳，难怪我在 1986 年 4 月 1 日退休，但朋友的关怀，就是提了一大夜班。同日在另一個单位上班，薪金加上退休金再加储蓄金放在银行優惠存款利息，共原来任职时还多一點，就这样弟离家母到香港止（约二年半），後事隔家母返家，再回台，就在家待了将近三年，确实这段日子就不好过，亦是所谓"自由"，这自由，太多真不知做何事？所以弟专玩"股票"市场，上午去看"股票"，中午返家，吃了午，看一下电视，就睡觉，四點多起床，就整理房子清潔（拖地），做晚夕，恩稀下班回，给小孩洗澡，吃晚夕，再看^{..}新闻、连续剧，又睡觉，看起来亦很有规律，老兄！那是很空虚的，精神失去平衡，因自由，可不高做，亦可不高不做，尤其时地都房至不往事（不是无事，因为你在做正常事），有天花心思或串住记事，国家夫妻俩人忙家务事，就是一天过去了，星期日就是上菜市场，买一星期的菜放在冰箱，对一个退休的人来家，是如何过呢？先讲医院，单辆院大不大，说小吧，并不小了，在此地乃在外做事，别人看了还觉奇怪呢？当然，这在家乡退休，环境可能比我好，因亲佬们相互来往，下午还可搞个不花钱的麻将消磨时间，但退休的人心中总是不踏实，所以单子什么需关心之人退休事，下面再谈健康的事，前我单在回乡即发现之咳嗽的病，好像我闷这之运动之去看病，但去年回乡，之咳嗽的病好像已好了，昨（26）天我与家联电话连系，他告诉我「在家乡看到单伯之，好像精神不太好」我觉得问题严重些，我希望之精神振足起来，有病即要看，更不可拖，我在前面已说过，我们敝俩已过一甲子，在那门小时看到60岁以上人，好像手拿拐杖，走路都有问题，可是说60岁以上的人，并不会拿拐杖，所以我劝之有病要去看医生，并讲句旧时一句话，为之争颐不够，单举竟支去，为何？（单信告知即等），之不必客气，单还有一点能力协助，快去看病吧，其次，我有一经家做的乾鬼之，以凉闹基。他比我们年龄大，而且夫妻俩亦早已退休。可是我看他是退而不休，他喜欢在文化方面工作及运动。他到处去推销"气功"，这是一种健康运动，�
也不妨试试，俟他到我家时，请家母给您介绍一下（俟又逢又要读小），也跟大嫂可练习，有益无害，请闹基先回有寄之吧记，精神饱满，到处有人请他教"气功"。他真不愧是不疲的教人，是为事业之，可谓一举两得，不但消磨时间，又可健壮身体，不知尊意为何？

其次再谈谈家母这件事，以前我未曾也谈过，我不是一个孝子（真不是假谦话），但做儿子的身分，我会尽心尽力去对待家母，说真的，家母对辞家贡献良多。我总认为一个观念，对上要尽心尽力侍候父母。对下尽到保养子女健康，能上进者尽力培育，不上进我亦没有辦法，这是免强不得。对朋友尽心力保持友谊，且相互协助，为发现朋友以利益相交，甚会之意义之，否则又何意义呢。再回头谈谈家母事，我总希望家母能在台定居，不管怎样，家母已年事已高，小敏他们亦尽最大能力对待家母，自该轮到我这儿尽一分力的时候，记得我在香港第一次见面时，我的飞机票就只贸到香港。那時準備接家母来台。他弟弟家父之骨灰事返乡安葬。現在整根有点後悔，因为家父之墓地不如我之理想，在荒郊野地，还不如在家棹下安靜。嘆，不提亦罷，再接家母事，再返乡後，觉得在家乡最适合养老之感。四週都是家人，親戚都不错。尤其老之，媳对家母之闊攘我是非常放心，因为在台灣我们都要爬四五樓，白天者，小都不在家，確實不是养老之感。所以我不敢轻言请家母来台，这不会住上一二个月就会闹着回乡，这種例子聽的或看的太多了。但願家母能例外，为了家母此事，我考慮了很久。再加家毉来对我说，请其親婆来台放。所以我下决心寄给说句真心话，我希望家母定居，我念了家母，依照在薪水说，请每月少拿新台幣壹萬餘元，还少了一筆至六五歲之退瞭金。現在我是以臨時性貿工作，因家母年已高，我要随時返乡之準備，所以有人请我任固定工作而婉拒，不过，此次事我原辦定居，但家毉说，先辦探親二个月，可延少一个月。若親婆在此也能習慣，那就再改辦定居，總之，不管怎麼样？主要还要看家母是否願定居或来台就改德再说，家毉说将其親婆来台入境証之申请案，已送到入出境管理局，据家胶说，约一星期至心天即可办妥。
(前我天我寄信给家母，须要黑白相片事，放入出境管理
局，尚未通知换相片，是否须要换，还不知道)，到那
时我将核准入境，影本寄家母，烦请之/经弟协
助，在家乡再办出境手续，以免办太食转难香港
(香港至台湾我的事，可那影本)，以前小敏母送信
她办亦可，须要钱，请家母暂时垫一下，下次来信
时，我会另外再寄明向为何办？另之信内说，家
母来台时，最佳方案是保密，这句话真说中我意，我不
知已有否耀纪，近年来我寄给家母的信，越来越糖，
而换来换去就是那几句话，老实说，有的事，我想与
家母商量，但事情未哦，可是邻居，就感全知，所以我
无什么可不写，免得家事外露，就如这次家母来台事，
我寄了我封信，但回信时虽空未提，相片亦不寄，可是
弟一个人告诉我家母郑事台者，非说上海一住欢感告诉
的，之说，奇号？：但我做觉子的我，又能说什么？
说了怕家母不高兴，那还不为不说为佳，此点仍须烦
兄在家母扇下盟功夫，不要再向外宣扬，更不要说来台
定居事，因我怕家母为来此住不惯，若要回去，那时又
要解释一番，另外，家母来台时，海带此简单而必须换
洗衣服外，什么亦不用带，将来来台后再买新的，而且亦

看不出要事忙怎样子。尤其如不要跟朋好友请吃饭，以了
上级诸先在家里做多功事，我对您说：您是不为愿
意腰的。在此谢谢了！

　　这封信，已至办公室写了二天了（因迅要办公事，只小
草草不恭，敬请见谅为幸。

　　有空请带书信，不会麻烦我的，就怕先不赏信，
而且先事结等亲下了解家乡情形，这号书最喜欢的。
　　最后　　敬祝

阖府健康！快乐！

　　　　　　　　　　　　　弟
　　　　　　　　　　　昌煌　亲上
　　　　　　　　　　　　　　　83.5.18.

兄有病要去看医生，须弟协助，公要书信单邮汇款。
请不要客气，只相信我，我尚有此能力。
待兄身体健康，大陆与台湾又可三通，
之禾可来台玩玩，敬人为何？　　弟特再书

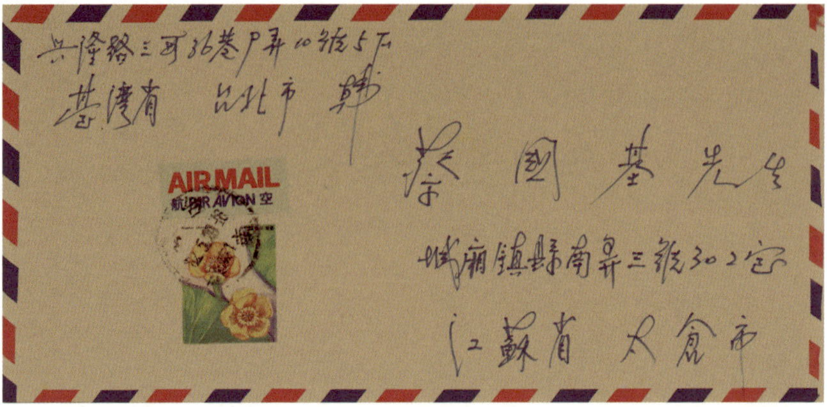

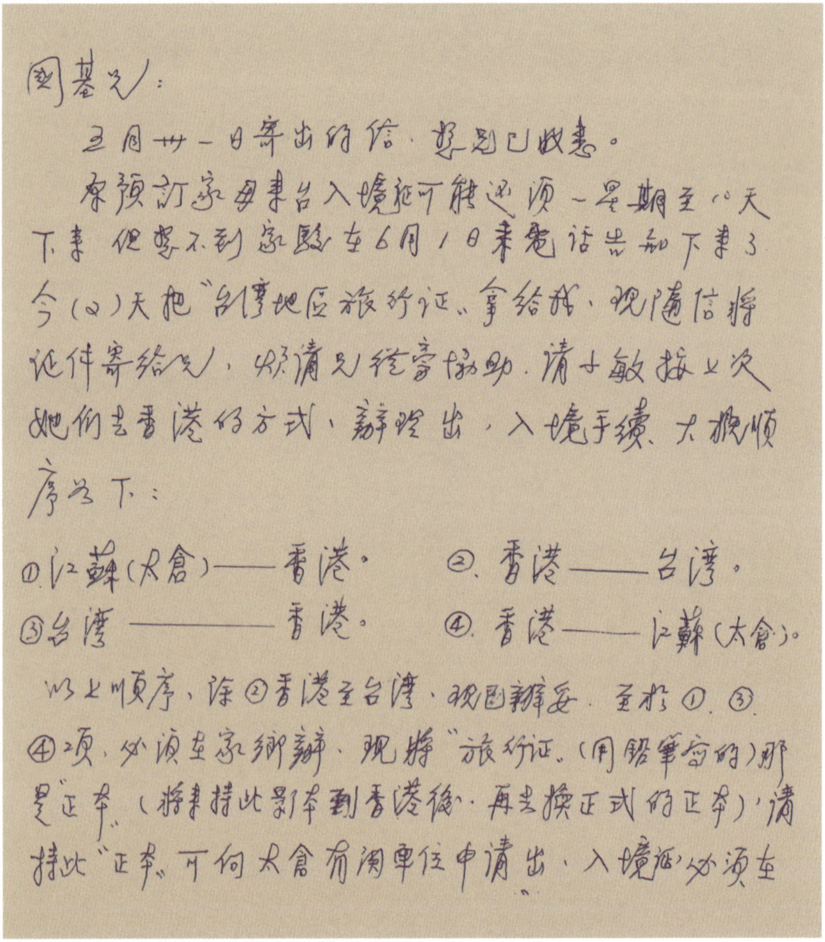

國基兄：

三月廿一日寄出的信，想已收悉。

原預訂家母来台入境证可能还须一星期至十天下来，但想不到家駿在6月1日来电话告知下来了，今(2)天把"台湾地区旅行证"拿给我，现随信将证件寄给兄，烦请兄代为协助。请士敏按上次她们去香港的方式，辦理出、入境手续，大概順序如下：

①江蘇(太倉)——香港。 ②香港——台湾。
③台湾——香港。 ④香港——江蘇(太倉)。

以上順序，除②香港至台湾，我因辦妥，至於①、③、④項，必須在家鄉辦。现将"旅行证"(用鉛筆写的)那是正本（将来持此影本到香港後，再去换正式的正本），请持此"正本"可向太倉有関单位申请出、入境证，必须在家乡办"入香港二次，否则，无法入台湾（即①.回项）.此点，特别要注意。

其次有重要的一点，希望在家乡办入、出境证时，家母"周雅雲"名字旁请注明"英文名字"。这样将辩妥之证件影印一份寄我，弟即可在台湾买母上海——广州香港——台湾各种飞机票。因为此地买机票的须用英文输入电脑。如果家母姓名旁没有英文姓名，那买飞机票的须在上海买，是很麻烦的，此点，在申请出、入境证时问一下，并请帮忙注记英文名字，若他们不愿意，那就麻烦一点。其他没有关系。如子有问题，请打电话给我（02）P340600。以上所需费用请向家母康宁取（钱不用客氣，我会同时寄钱给她）。

最後，请代向家母说明一点，此次家母来台是辩的"探亲"，不要家母看了不高兴。若家母在台"定居"，来台後可改"定居"，如家母来台後生活不习惯，可在台住三個月。一切决定均在家母自己决定。决不是"探亲"就表示不欢迎家母定居。此点一定要向家母说清楚。否则，人远來來，就一肚子气，那我做儿子的失了孝意了。特此释记。一切辩妥後。

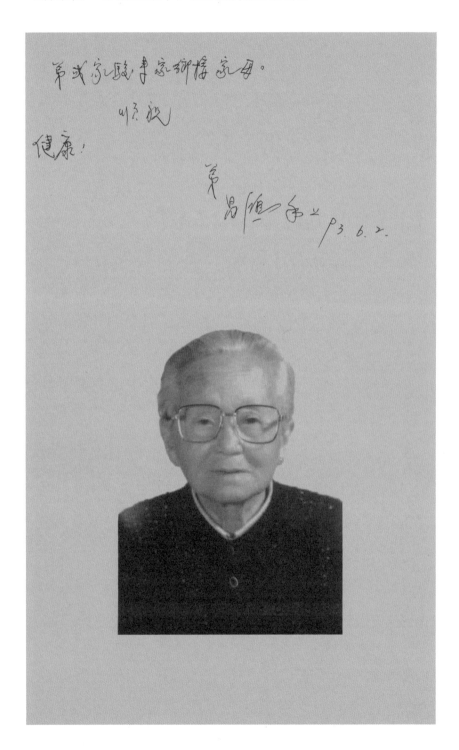

国基兄嫂多扣：

　　十二日来函，第于十九日收到。真是谢谢兄嫂的协助，家母申请来台之申请，才能获得迅速的上报。今（二二）天我准备回家去办理申报返乡手续。大约尚要十天左右，总要得到之通知家母获得出入境证，即可买机票。对了，我想再问一件事，可能是不一定能说主知道，即家母姓名旁有否英文注明，这主要是订买机票时，均用电脑制样，如没有英文注记，那必须要家母机票在上海买，就是麻烦一点。别无其他用意。没有问你的。

儿亚用说得太客气了，毕竟我们至亲长难离。若弟有病，我束之亦会寄回好吧！说真的，对子女要爱，但对能力及律更要保重，注意营养，嫂夫人更须要之的照顾。这一点我嫂之比我更清楚，因此，除了要运动外，早睡早起，中午一定要睡30分至一小时，但参睡床不行，双蜂腾隙，饮食方面，喜欢吃的买些吃吃。人生几何，想开一点，儿女自由去幸福，又管不了他们一辈子，更何况数都已成家婚，可放手他们自己幹了。我还没闹始呢？我何不放他们的心呢？总之之嫂俩注剧是互想照顾呢。昨(21)日我有报，大陆现闻放到国平现光，若台湾能闹放大陆去台观光（保有那一天）我们真欢迎之嫂来台找我，我会尽地主之谊，子何，时能早日至台湾见面。

　　最后，再次谢谢之嫂之协助。身体健康，快乐！

弟 焕昌留

83. 6. 22.

国基之嫂：

　　真是谢谢之嫂的协助，本（七）月廿三日下班接到之嫂的挂号信，通知家母已获核准入出境（护照）影本。而其二天（廿四）下午3点44分安抵中正机场，一切平安。请放心。

　　此次家母顺利抵台，均蒙兄嫂之协助之故，非常感激。现家母暂住北新庄，准备八月二日再请其到我现住处子此安那。毋劳平衡也！

有空转带去小敏康看看，她的脾气，与新
国梅相似。我同时去信劝其平和，其兄
俞鹤林价尋逐不错，康～讓她而不知，我
怕好事会不会变，因现鹤林尚顾虑其上海
之大哥，但望我这顾虑錯误，総之，汝
有空，利用机会劝劝脾氣变改，家和萬事
兴，汝谓对吗？

好了，有空请事先连络，弟包

顺祝

萬事如意，身体健康！

昌鸿 叔上

P3.7.16.

兴隆路三段36巷尸弄18號5F
臺湾省 · 台北市 韩

AIR MAIL
航 PAR AVION 空

茶 國 基 先生
城 厢鎮縣南昇三號302室

江蘇省 · 太倉市

现代技能邮票首日封
Modern Technique Postage Stamps F.D.C.

國基兄嫂:

　　本星期寄上之信 · 想已收悉 · 現又
一件事 · 好辞託 已再赴申请家母赴台之
機関询问一件事 · 那就是按规定 家母在台
群親多二個月期限 · 若需要可再延行一個月
以家母言 · 甚於7月24日到達台湾 · 至9月24日
滿二個月 · 再延一個月 · 至10月23日一定要離
開台湾 · 現在我好请家母過了春節再回家 ·
那必須再辦 " 定居 " · 就可無限期留在台湾 ·
但家母是不会同意的 · 因為我们都住在 四 · 五樓

再加人地生疏，无事闲门子，可预见她一定不习惯。现在我劝她过春节后再陪其返乡，尚未允诺，但现先要了解你们那边一个佳令：若家母同意留至春节後回乡，你们那边有没有问题？这是非常重要的，请代多查询，並请居委會杨主委从中協助促成，现等此之消息，再决定家母之行趾。

现在台湾天气很热，因兆珍住處没有冷氣，主因我想以家庭把那房子卖掉，另买一幢稍大一点，所以没有买冷氣，可是家母一直在叫热。本星期三起，现住家擔母處，她们那边有二台冷氣，所以好一点，下星期一我準備搬到兴隆路住，我这边有冷氣，而且準備请佣陪家母到中部走玩，现家母在台大概情形如上。

最后，顺侯兄问清楚後函告。

　　顺祝

阖府健康、快乐！

　　　　　　　　弟　昌鸿 敬上
　　　　　　　　　　P3 7.30

寄件人：蔡昌鸿
台湾省台北市文山区
兴隆路二段36巷9弄10号七楼

丁　蔡国基　收
　　　　　　　先生
江苏省太仓市城厢镇
南弄三号302室

国基兄嫂·好暗

车来预整一嘹的欢喜·结果却在医院24小

时候日子又多·不过退一步想·家母突然吐血

亦尽一点做完子应尽之责任·

现在讲话稍说·家母24日到名话整精神饱满·一

即举动正常·左把将感伤3三天·家骏友康佐3

一晚·廿八日晚家嬷母请吃饭·家母遂喝了一杯酒

年络兴酒·来吃3不少菜·即到家嬷母康佐廿

日中午喝了少许酒·吞姑一只·芒果数块·遂睡

3子宽·下午将近四点·家母至说笔间吐了两块

血块·马上用好恐怕有刺·您把血块冲掉·又约过3

廿分钟·即间始吐黑色血块·我下班后·接到家

骏、雯洁。听得提到家婶母亲、他们已去小医院看了一下、但仍吐黑色血水，井即时被送事急送台北三军总医院诊治这个。总此血之止后、但身又突热烧出紫斑、病的主因是肝硬化。因此无法由肝部冷出。经心脏再因肺部、使内部之血逆向大动脉冲溢。尚使方动脉血管破裂阻度至断、所以引起吐血。吸出血难用血清止住、使们有办以速、主因体内阿蘖尼亚即、要大多。因此观每日、灌肠冲洗、病了家母的痛苦。甘是能哭无泪、又无清代替。李呵、现今方医治中。性不净结果为呵？结果怎呵？只有去听天命了。性不净结果为呵？我一定仍隐送家母还乡、因心情不佳、请你们以

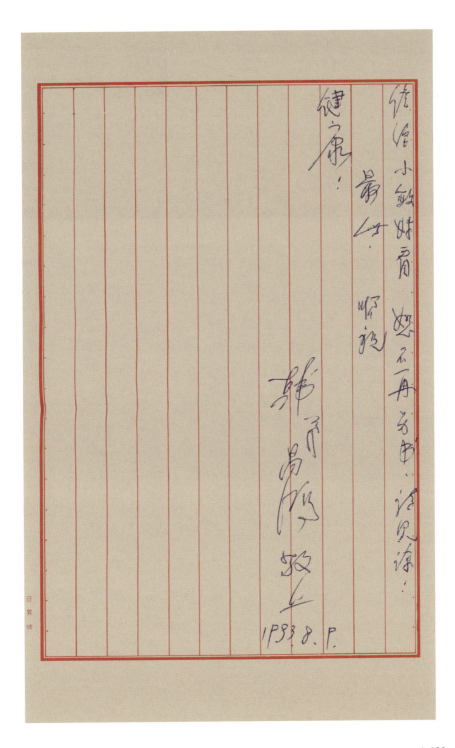

国基兄嫂 · 名晤：

　　返台後又快要一個月了，但仍未給兄嫂寫信問好，非常失禮，尚請見諒。

　　回台後曾給家母及小敏各寫一次信，但未見小敏回信，這可能亦是正常的。不過回家家母仍卧床養病，身為人子，人雖回台，但心仍掛念着老母病體，按時日算，家母背部"褥瘡"應該已結疤癒療，但依家母不合作心態言，不知情況如何？甚為掛念，更不知家母病情有否進步，飲食方面是否胃口好一點，另小敏子宮經腦有否去醫院複檢而居於切除，均須希望瞭解，煩請兄查詢後來家告知，經之一次一次的麻煩兄嫂，說起來真不好意思，特在此致萬分謝意。最後，順祝

闔府健康、快樂！

　　　　　　　　　　弟昌鴻敬上 83.10.15

国基兄、嫂:

一年一度的春节,瞬眼即至,首先向俩位拜个早年,祝福俩位身体永远健康,万事多意,多福多寿。

弟已于上(元)月28日由台港转机,当日下午4时30分安抵家门,请勿念!

家母在病中,蒙俩位不时探视慰问,使家母过着愉快的人生,病故后,再鼎力协助料理丧事,此种挚谊,非比一般之谊,衷心永感肺腑,再次以诚挚之心,致万分谢忱!更期俩位不弃,今後仍随时赐速联系指导,使我有以新进,弟之庆幸也!

最後,再次拜个早年,并祝福阖第健康、快乐!

弟 昌德 叔之
P4.2.3

第五章　韩昌鸿眼中的台湾与大陆

　　家乡太仓的发展也是韩昌鸿满心牵挂的事情之一。他在信中具体细致地描述了台湾的经济实情、商业形态、生活状况，期待着家乡太仓也能繁荣富强起来。在他看来，太仓地理条件好，东靠码头，南依上海，西邻昆山，北接常熟，可以吸引外商投资，让太仓往南北发展。

　　大陆诸多地方政府组团去台湾招商引资，太仓的官员也组团去台湾。在台湾太仓同乡会上，韩昌鸿见到了太仓的招商官员，除了聆听家乡官员的招商计划，韩昌鸿也提出了回乡定居的申请，无奈当时还没有具体的政策。他在信中请老友为自己多留意此方面信息。

　　到了 20 世纪 90 年代，台湾经济开始走下坡路，21 世纪初，南部的高雄港和北部的基隆港贸易量大幅下滑，岛内物价飞涨，社会各阶层矛盾重重，治安情况堪忧。这使他回大陆定居的愿望更加强烈了。

曾经的台湾和大陆

台湾虽然面积不大、工矿资源很少，但地理位置优越，扼守西太平洋航道中心，是大陆与太平洋地区海上联系的重要交通枢纽。

20 世纪 50 年代以后，台湾得到美国的援助，不仅文化和生活深受美国影响，在经济上也与美国关系密切。

恰逢此时，以美国为首的西方发达国家的生产开始转向技术和资本密集型产业，需要大量劳动力。

长期受传统儒家文化的熏陶，台湾人勤劳，节俭，重视教育，能吃苦，也能够接受西方的价值观，这正是西方发达国家转型所需要的质高价廉的优质劳动力资源。

从 20 世纪 50 年代后期开始，台湾实施了提高利率、抑制通货膨胀、刺激居民储蓄、增加投资来源等正确的经济政策。

自 20 世纪 60 年代起，台湾推行出口导向型工业化战略，出口增长迅速；1970 年，台湾出口总值是 1960 年的 9 倍，而 1980 年为 1970 年的 13 倍。1975 年 4 月 5 日，蒋介石在台北病逝，台湾进入蒋经国时代。蒋经国将工作重点转移到经济建设上来，为经济发展创造各方面的有利条件，并积极参与投资，适当进行经济管理。

在产业结构上做调整，随着农业比重急剧下降，工业占比快速上升，大力发展制造业与高新技术产业，在半导体、IT、通讯、电子精密制造等领域，台湾常常处于领先地位。

台湾在短时间内实现了经济的腾飞，一跃成为亚洲发达地区。

从 20 世纪 60 年代开始，台湾的生产总值年平均增长速度都接近或超过 10%，收入水平迅速提高，到 80 年代，人均 GDP 超过

6000 美元；同时，失业人数减少，收入分配相对平均。

1979 年，台湾被经合组织列入新兴工业化社会，与香港、韩国、新加坡一起被称为"亚洲四小龙"。到 20 世纪 90 年代，台湾经济快速增长，居民生活水平提高，这使两岸收入差距很明显。

1987 年，韩昌鸿曾经托人带了 400 元美金给老母亲，这在当时可真是笔巨款。

那时候，不仅韩周雅云没见过美元，连蔡国基也是第一次见，因为有这笔钱壮胆，蔡国基陪着韩周雅云请来客在太仓最好的招待所吃了一顿饭。

后来也是用这笔钱，韩妈妈才得以顺利去香港和儿子见面。

20 世纪 80 年代初，万元户在大陆是发财致富的象征；而从韩昌鸿的信中可以看到，当时在台湾，一个普通的出租车司机的月收入也能达上万元人民币，在普通大陆人眼中，台湾人真的都是大款，都是有钱的大老板。

两岸关系解冻后，许多台胞经由香港回到大陆，不仅带回现金，也会直接买当时流行的家电、金首饰等带给家乡的亲人。

台胞们这么做，一方面有衣锦还乡的意思，另一方面也说明，台胞们都知道，当时大陆虽然已经开始改革开放，但是人民的生活水平、物质条件普遍都很低。

在韩昌鸿接老母亲和妹妹到香港第一次团聚的时候，蔡国基就劝韩昌鸿在经济上多给领养的妹妹小敏一些资助。

1994 年，韩昌鸿在信中给蔡国基算了一笔账，说太仓的生活水平很低，他只需要花退休金的五分之一，改建一下老家的房子，做一点小生意，就可以生活得很好。他渴望回乡定居安度晚年，就一直用台湾和大陆经济上的巨大差距在妻子郭凤梅面前游说，说得郭凤梅都有些心动。

韩昌鸿的人生路

小时出外，家父母没有给我一角钱，仅提了一箱子换洗衣服，2月28日下午四时到台，4月18日去当兵，家父认为家叔有钱，实际仅一个上尉阶养三口之家（堂弟尚未出生），再加我及吕裕翎，实在这担子谁也挑不起，到台后第一个月，住在其营长家，第二个月（4月）搬到凤山（离办公室近一点），因为老住其营长家亦不是办法，仅半个月家叔就叫我去当兵。后来吕裕翎又去当兵，他干了两年就跑到酒厂做事，我就一干就是将近40年，国基兄，想起往事，谁又帮我，写到此处真想流泪。

——韩昌鸿 1994 年 9 月 13 日信件

1947年，跟着叔叔去台湾的韩昌鸿，并没有像他父母期待的那样，一下子就踏上人生的康庄大道。事实上刚好相反，被他们寄予厚望的当了军官的叔叔自顾不暇，仅在叔叔家住了不到两个月，韩昌鸿就进军营当兵，一当就当了四十年，从普通士兵官至中校。

因着叔叔的一点荫庇，韩昌鸿虽然也饱受漂泊在外之苦，但与同时代从大陆到台湾的不少人相比，韩昌鸿还算是顺当的。

独自在台湾拼搏的日子里，韩昌鸿碰到了第一任妻子兆珍，兆珍也是苦命人，母亲很早就过世了，父亲把家产败尽，继母对她也不好。遇到韩昌鸿后，一直也是过得很辛苦，等到韩昌鸿经济条件好了些，又遭遇和韩昌鸿的婚变。

和前妻兆珍离婚，是韩昌鸿后来越来越后悔的一件事情。对前妻，他背负着深深的愧疚，后来在岳父的病床前发誓，这一辈子都要关心兆珍，尽力补偿她，直到生命结束的那一天。

韩昌鸿甚至在信中告诉蔡国基，如果有一天他死了，还死不瞑目，那一定是因为放心不下兆珍的缘故。

再婚后的韩昌鸿很快有了一儿一女，嗷嗷待哺的一双小儿女让韩昌鸿压力很大，与他同龄的蔡国基的孩子都成家立业了，他还在送小女儿佳蓉上幼儿园。

1987 年，韩昌鸿终于收到了母亲的第一封信，此后，他就在台海两岸来来往往。探亲访友，请客吃饭，给父亲修坟，伺候生病的母亲，故居拆迁后，又来回几次在家乡买新房子，装修……

一年又一年，韩昌鸿在海峡两岸往来，看天看地看亲朋，当然也从来没有忘记关注家乡太仓的发展。

关注家乡的经济发展

　　太仓现正积极开发，不知有否私人商店，当然台湾去大陆大的投资（如设厂）很多，但不知是否可同意开商店，兄说太仓有夜市，那真是好现象，人多吗？在台湾现在有部分商店已发展到 24 小时开业（这与民生关系较密切的商店为主，例如饮食店、日用品，另因白天上班族很多，邮局已开办夜间投资挂号信及限时信），半夜三更如果肚子饿，还可以吃个饱，现在的台湾就是怕没有钱，否则，想要什么，就可得到什么。

　　近日报纸刊载，煤气、水费、公车费等均要涨价，确实台北市的生活费，仅次于日本东京，但收入比日本差多了，所以一般老百姓亦叫苦连天，据此地报刊，大陆在下半年可能要加薪，同时物价亦要上涨，总之，两岸均是一片涨价，亦无奈也！

——1993 年 6 月 22 日韩昌鸿信件

　　"太仓情形弟非常关切"，韩昌鸿的信中，除了和老友谈家事，谈老母亲和亲友，也不断提到他对家乡太仓发展的关注，同时还不忘和台湾对比，不是为了凸显故乡的落后，而是希望家乡可以借鉴和学习台湾的成功经验尽快发展起来。

　　1994 年前后，韩昌鸿在太仓住了将近半年时间，虽然和家乡的乡里乡亲们接触不多，但也听到几则家乡工厂开工的消息，让他感到非常欣慰。

　　他认为，当时太仓虽已升级为市，但太仓市政府没有全盘规划，太仓县城周边各乡镇还各自为政，道路不相连，交通不便就无法形成都市。所以，太仓要发展，首先就要发展交通，修路，修大小街道，四通八达的交通建成了，就可以搭一个城市的架子出来，如同周边的昆山、常熟一样，投资者才会被吸引来。

韩昌鸿对于太仓要发展交通的观点，明显来自于他当时的居住地台湾：

像台湾现在可说从南至北，市政间可以连起来了，除了以前一条名叫"纵贯线"的公路及"纵贯铁路"外，别无其他大的公路。现在有北"基隆"至南端"鹅塞鼻"公路四通八达，向东部发展（经过中央山脉）亦有三条之多，现在仅台北市为了建"捷运系统"，向上高架，向下挖至十楼以下车道，约在二三年内可完成。我现在住木栅线已通车，淡水线今年底可通车，在台北靠淡水河边早已筑成三层高架桥公路网通车，虽说台北除了原有道路外，向下筑捷运道路，向上再做公路网，甚至道路交叉。可是道路还没有汽车增速快，一直觉得不够用，所以说一个都市的发展，公路一定要有计划的设计，这样就可以慢慢形成道路网。

——1995 年 4 月 8 日韩昌鸿信件

也许是因为对家乡的热爱，在韩昌鸿看来，太仓的地理条件好，东边有码头，南边靠近上海，西边是昆山，北边是常熟，这样独到的地理位置，应该好好地利用起来，让太仓往南北发展，可以吸引外商投资，构筑好的商业环境。这样，才能谈后面的规划，发展成一个像模像样的太仓市。

1992 年春天，邓小平发表视察南方重要讲话，改革开放进一步深入。

当时，台湾产业升级，劳动力成本和土地的价格都大幅度攀升，韩昌鸿也不止一次在信中写道：

　　现在台北市一个"计程车"驾驶（员），除一切油费、车辆折损率及其他费用外，每月纯收入约在三四万元，约合人民币在一万元左右，一个低阶公务员每月薪金二万以上。现在政府规定劳工基本工资每月 13400 元。换句话说，工资只能比上述数字高，不可低。因此，台湾现有很多外国劳工，他们就不受上述规定，但若比其外劳自己国内工资高很多倍，所以仍乐意到台湾工作。

——1995 年 4 月 8 日韩昌鸿信件

　　台湾当地劳动力成本攀升，企业生产成本增加，导致外来的务工人员增多。

　　台湾当局开放探亲后，越来越多的台湾人到大陆寻根祭祖、旅游观光，台商们也发现新的商机，他们来大陆考察，寻找新的发展机遇。

　　这种形势下，在台湾本土外来务工人员增多的同时，很多台资企业也开始将目光投向了开放的大陆地区。

　　两岸的交流逐步放开，许多地方政府组团去台湾招商，太仓市也在其中。

　　1981 年，太仓市政协原副主席曹浩与在台湾的父母及胞弟均取得了联系，一家人在分别近 50 年后，终于在香港团聚。自 1996 年到 2016 年，曹浩先后多次去台湾，除了探望父母和弟弟，还有一项重要的任务，就是给太仓招商引资。

　　在台北，曹浩以太仓台联会顾问的身份拜访了台北市太仓同乡会成员，介绍家乡自改革开放以来的巨大变化。

　　韩昌鸿在同乡会上认识了曹浩，并仔细聆听了这位家乡官员的介绍。

在此之前，韩昌鸿在报纸上看到"九六江苏省太仓市对外经济合作恳谈会"的信息，得知太仓将建"中远国际城"，后来蔡国基也写信告诉他太仓要建"浏家港镇码头"及"横泾汽车轮渡码头"等。

得知家乡发展的信息，韩昌鸿很高兴。他高兴之余也有忧虑，太仓当时和周边的城市差距太大了，如果不加快发展，未来很有可能被昆山、常熟吞并。

也是在太仓同乡会上，韩昌鸿向家乡的官员提出了回乡定居的申请，却被告知当时大陆还没有出台相应的政策。

2000 年 11 月，曹浩又去台湾。这次，他作为团长，率江苏省太仓市经贸考察团赴台进行经贸交流和参观访问，为期十天，在台北、新竹、台南和高雄等地参访了八家企业，同时，拜访台湾各界亲友，积极招商引资，宣传当时的对台政策。

当从蔡国基的信里得知"家乡今年又是一个丰收年景"时，韩昌鸿由衷地说："我真为家乡老百姓高兴，希望大家过一个快乐的日子。"

韩昌鸿密切地关注着家乡的发展动态，除了他自己一直想回故里定居的原因外，也是因为他对故乡深沉的思念。

2002 年，韩昌鸿回太仓，看到的景象是：房子增加了，面积也扩大了，但在马路上走的人稀少了——并不是本地人减少，是因为地区扩大了，让他在无形中觉得人变少了。

说来说去，当时太仓最大的问题，用韩昌鸿的话来说，还是"太仓实际上在硬体（硬件）上大致已经做好，就是人口流动量太少"，无法带动太仓本地的商业发展。

在韩昌鸿看来，虽然市政府花了很多心血，扩大市区面积，太仓城内的房屋改造也完成了 80%，但是流动的人口还是聚不起来。

韩昌鸿很盼望读到蔡国基的信，经常会在信中请求老同学"在打麻将之余，请不要忘记在千里外还有一个老同学在等您的来信聊聊，如何？"

聊什么呢？他最想了解家乡的情形，当然是希望从蔡国基的信里了解更多家乡的信息。

后来，两位老人在寄给对方的信里，除了寄信和邮票，经常还会附上当地的报纸剪报，以便对方更详细地了解情况。

韩昌鸿眼中的台湾

台湾曾经是亚洲四小龙之一, 但是随着时间的推移, 到了 20 世纪 90 年代, 台湾的经济发展开始减速, 到了 21 世纪初, 南部的高雄港及北部的基隆港贸易量大不如前, 失业率达到近十年来最高点。

近一年来台湾经济一落千丈, 讲句笑话 (注: 但是事实) 连医院里的病人亦减少了, 奇怪吧, 现在看一次病, 挂号费 150 元, 不论大人小孩, 价钱一样, 平时不看病, 要缴健保费, 大人小孩每月 500 元。我们家每月不看病光 "健保费" 就 2000 元, 现在台湾因健保费缴不出来, 无法看病而延误看病时间, 因此死亡者亦有数起, 迫得政府宣布确有病而严重者, 得先看病之规定。兄嫂你们看怎么办, 我虽还未到此地步, 亦差不多了, 上面讲的挂号费 150 元, 仅仅是对 "健保卡" 用到 ABC 者, 若用到 E 以上每次 200 元, 每张健保卡只有看六次, 若看病重一点, 用药多一点, 另加药费, 这种日子真是难过, 我身体还算过得去, 可是凤梅可说每天吃药, 一年下来, 用 "健保卡" 都在 E 以上, 所以有时看病都是能拖就拖一下, 因此医院病人减少的原因即在此。兄嫂听说过吗?

——2001 年 6 月 16 日韩昌鸿信件

物价飞涨, 猪瘦肉每公斤 120 元 (新台币, 下同), 五花肉要 80 元一公斤, 蔬菜尤其贵, 一斤菠菜 50-60 元, 一斤小芋头 70-80 元……报纸、电台、电视台每天都在播, 虽然台湾人的收入比大陆高，但对靠薪水生活的人来说，日子越来越不好过。

　　按照台湾原来的规定，外来劳工在台湾工作只能停留两年。因为外来劳工工资低，企业雇佣一个台湾本地人的费用，换成雇佣外来劳动人员的话，就可以雇两个，而且外来的务工又听话，所以一般的企业都更愿意用外来的劳动人员，当局也将外来劳工在台湾停留的时间由两年延长到三年。

　　社会各阶层矛盾重重，本地劳工不雇佣，东南亚各国来台湾的劳动人员约有十万人之众，企业和当局都很欢迎雇佣外来人员，但也引起台湾当地人的抗议，因为外来务工者抢了当地人的工作岗位。

　　在这样的情况下，韩昌鸿一直希望台湾和大陆能在经济上合作，共同谋求发展，使两岸人民都能过上好日子。

　　也因此，他回大陆定居的愿望更加强烈了。

　　國基兄、嫂、文悟：

　　　在春節前一天接到文嫂身函，告知家母情況及家鄉發展情形，心情特別舒暢，謝文嫂告訴那麼多的好消息。

　　　家母一年一年的增加歲月，但身體比較的父母這時逐年衰退，這是我最擔憂的一件大事，我一直勸媽多注意營養、多運動，但效果不彰，個執已見，不知此種情形是否台灣上說的一代溝，老實說，我與家鄉的相處，除特別事情外，大都依家裡的意思去做，現在年代不同了，做父母的權威，已經式微，我不以視家鄉為何？俞鶴林與小敏對家母的態度說起來實是不錯的，即是親生女兒及女婿亦不過如此，但老實不可說我是靠山，這最是須靠小敏她們的孝心，說句內心的話，我這做兒子的是失職，非常感谢小敏她们对家母的照顾。

　　我看先生闲赋叙述，可说是半休状态，这种方式倒很有人情味。先生还有半年即将退休，有何打算？我看兄身体健壮，是否可另找第二春（不要误会，春是指工作），尤其大陆现正在大事开发，是否可另谋工作或自创事业。在家里搓麻将，好像年龄太轻了吧，再搬家就困难些我。马路已折至离我家一丰了，现在情形如何？房屋不会拆到先家吧！搬家以後我家在小厨房之後，雨水都流东有一论张，不知是否拆到论张东，这是我非常担心，先若有消息，请先告我一声，我可以为阿姨家母找一安身之康。

　　大陆现正积极开发，不怕有私人商店，当然台湾去大陆去的投资（去设厂）很多。但不怕是否可同意开商店，先说大陆有夜市，那真是好现象，人多嘛？在台湾现在有部份商店已发展以24小时闹业（这要以生活息相关的好商店为主，例如饮食店、日用品。另因白天上班族很多，邮局已开办夜间投递挂号信限时信）半夜三更马里肚子饿，还可以吃过饱，现在的台湾就是怕没有钱，否则，想要什么，都可得到什么，近日报纸刊载，火车票（瓦斯）、水费、公车费等均要涨价，确实台北市的生活费，仅次於日本东京，但收入比日本差多了，所以一般老百姓叫苦连天。据此地报刊，大陆在下半年中可能要加薪，同时物价亦要上涨，综之，两岸均是一片涨声，永无宁也！　　草草不恭，请包涵，下次再谈　顺祝

贤伉俪健康快乐！

国基兄、嫂：

　　前次寄上一封信及剪报，想已收
悉。近二月多来未曾接到你的来信，
非常挂念，退休後仍那苁忙吗？
还是其他事故，深以为念，盼来函
告知，以释悬念！

　　我由家乡返台後，因年纪阅係，觅
适合我的工作不易，且小女佳容在幼
稚园亦僅上午半日，下午需陪她，尚这

样一天一天的过去，也快半年了，下半
年佳荟要就读小学一年级，家荥就读
六年级，家默在公司上班，兆行，凤
梅一切以前，往的事！

视在家乡发展很快地，若我有二个
小孩上学，真想返乡，家乡平日生活支出
尚算便宜，台北市的生活费实在太高了，
一张千元大钞一花开，随时就没有了，
买個小西瓜一折台币十五元，一個西
瓜就要一百多元，光买水菓一天就要台币
一二百元，买蔬菜应是论斤卖，可是圆價
钱卖，一堆小贩问口是半斤多少钱，甚至
四两多少钱，你就可知價钱之昂贵，去
年在家乡半年多，直至现在仍怀念家乡，
不知何年月日可重返家園。 最凤！

　　以顺祝

一切顺利

　　　　　　　　　　韩昌鸿敬上 P4.6.30

国基兄、嫂子暨：

　　前次寄给兄的信想已收到。

　　今有一件事想拜托之有空帮我向有关部门问一问。事情是这样的，在我家母忌日（农历10月14日）前一天（即阳历11月5日），小敏的常州姐姐突然打一通电话给我，问我有没忘记我家母忌日。这是小敏指托电话费请其姐用公司（免费）电话打的，我的回答是：锡箔上午已摺好了。什么都可以忘，这件事是不会忘记的。总来又聊一下，就挂断了。事后又左思右想，不甚同小敏僵得太大。晚间八点多我打了一通电话给小敏，谈了些她家内事，据告俞鹤林已二个月没有上班，原因是意平平，现在俞鹤林在外果学好不再推销。最后她告诉我一件对我有关系的事。那就是"东港、路要拓宽。靠近一栋、那得已去拆房子。我听那边难说更要维列。又说、房子拆掉后准备盖五层楼、每住户可以分一层。待有详细资料后、她再写信告诉我等语。总之并把此资料告诉家乡时、其女友待殿卿告诉我一件事、那亦重要、她说、其四舅（现在浙江杭州任公家厂之事、自己守闲了一个厂）那里、亦是拓思路造楼房、结果分给现居住的现户主一层、可是期限为十五年、换言之、十五年后房子又变成公家的、不是像现在土地有使用权、房屋是永久属我的。若变更成分配楼房资料后、则我心稳太大。老实说、房子有否、我是不在手、可是家乡女友一直告诉我、故家父母之意、叫我好好保管房子、这样我才无愧对我故父母之代。老者兄看到此段话、可能觉得好笑、有些神话、可是有关此事的经历、我是很相信、以待见面时再详谈。现在有几件事持帮忙可否问一下：

一、我现居之房屋是否可以自己翻造？

二、若真是小数后的要拓思路盖楼房、分给我一层、是否是永久的（不受年限之制）？（注：先不要说是否受年限之制、听他们先如说法？）。

三、拓宽东港路时、诶得知消息后即刻打电话或写信给我、我当即返乡办理。

其次，我前来此重守给给您读，很羡慕您在家乡之往状况，虽说我在家乡僅渡过18个年头（实际算起来只有16年多），但对家乡之一草一木仍常留意，尤其家乡亲友，再加老父对我们此顾自返台后，一直很挂念，家母先�过世，对我打去很大，有时想之很伤感，亲戚他们加信，说家母来台湾，若不来台湾，是否会发生更母不幸事，那当然无从去求知报，但总是来台后发生的事，因为来意难度，结果使我终身憾事，返台后一直为这件事甚懊恼了，但事已至此，来生无奈也！惟家乡情境反而非常罣念，所以我经常利用撮合向郭伯母提数次返乡定居问题，谁一开始她还不同意，现在有些头之势，老兄，您帮帮忙，我们返乡定居，是否可行？作我参考之一，另外，家豪明年要念初中一年级，佳豪念小学二年级，读书有没有问题？未识代我询问如何？

以上事段请不要给小敏海，若还有其他事情，另字后拜托。最后，

祝福

阖府健康！快乐！

军锦马佳 p4 11.22

国基之嫂、乡握

　　十二月六日李业及邮票均已收悉。真谢之之。
於我那本票亮的邮票。同时又害老之跑了
那么多的路。帮升打听"东港西"的事。小敏
真是一派糊言。我把之事意告给家郎。他提
出一调问题：若东港西拓宽马路、亦一能用
我现有地⅓。尚有⅔地仍是否可自行盖房子
尚有空利用机会再帮升问一问。现在不急
亦不必专程去问。己於购买范围式小洋房乙节
不知建房有多大？四周空地有多少？房价大
概人民币要多少？尚有空帮我问问亦可了。明
年清明如若无特殊事将会还乡乙次。凤梅
亦想要回家乙趟（回太仓。不是去武汉）。到那时

我再興之研究，最好大舍不知有阿生意可做？煩兄来帮我看了。

家母週年，除了我在兴隆路拜祭外，我亦嘱北行與家财在週年日下午3.15分正在週親拜祭。嫂在每年逢年过节，都两边奉陪之模做，我深倩不捨了。

我看电视氣象报告，上海一带又是零下度了。望兄嫂都保重身体，最近台北亦在16°度以上，也算温暖的。　　最后

　　祝福

健康！如意！

　　弟

　　韓昌恒 手上

　　　　　　P4. 12. 15.

国基弟·嫂·弟妹·

四月廿八日来函·得悉弟·嫂痛失一位亲人·弟及闰梅内心亦很哀痛·人生之离死别·可说是最大隐感·我是两者都经历过·在46年前其家父母离别到台湾·相隔40年后仅见到家母一位·而二年前家母又离我而去·老实说·迄今心里仍不能平衡·有时孤份尘之时故家母家出时信件·有时我会对着故家母说几句问好的话·好像神经不正常·的确我仍想念着故家母·但事实故家母已离我而去·已无法再见到·帝宽得空虚无奈!弟对今故姒母去世的心情·我能体晓·但事已至此·亦望弟节哀顺变·

每逢清明节·均劳弟·嫂至故家父母墓前·使弟全家非常感谢!在此鞠躬致衷心谢意!

太仓情形弟非常关切·在弟未来信前·曾阅读以往——世界论坛版——叙述:太仓市委书记陆建明在北京举办"九六江苏省太仓市对外经济合作恳谈会"上对记者说:太仓将建"中远国际城"(详情另剪报)·那看就是弟些内印说的"浏家港镇码头"及"横泾的汽车轮渡码头"吧!实际上多太仓再不迎头赶上·将来可能被"昆山""常熟"所侵吞·因为太仓落后太大了·

而且太仓市政府没有全盘规划，在太仓週邊各乡镇各自为政，尤其道路各闹各的，无法相连。这是无形成一个大都會，去年清明時由上海搬回太仓觉得交通狀况比前好，不像以前僅一条道路。像台灣現在可说经南至北，市政间可以连起来了，除了以前一条名叫「縱貫線」的公路及「縱貫铁路」外，别無其他只的公路。現在有北「基隆」，至南端「鵝鸞鼻」，公路四通八達。向东部發展（经过中央山脈）亦有三条之多。現在僅台北市多了连「捷運系统」，向上高架，向下挖至十樓以下車道，约在二三年內可完成，我現住木柵線已通車，淡水線今年底可通車，在台北靠淡水河邊早已築成三層高架橋公路網通車。雖说台北除了原有道路外，向下築捷運道路，向上再作公路網，甚至道路交叉，可是道路还没有汽車增速快，一直觉得不够用，所以说一个都市的發展，公路一定要有计劃的设计，這樣就可以慢慢形成道路網，一个小城市变成一个大都會。現在我看太仓是在东向西發展，穷隆南至上海，北至常熟亦很重要。總括一句话，資金問題大，太仓最大的問題，人口流動量太少，另一方面老百姓的每月收入亦太少，所以購買力就不行。現在台北市一个「計程車」駕駛，除一切油費，車輛折損率及其他費用外，

每月纯收入约在新台币三四万元，约合人民币在壹万元左右，
一個低階公務員每月薪金新台币二萬以上。现在台湾政府规
定劳工基本工资每月13,400元。廣句話說工资总额比上述数字高，
不可低。因此，台灣现在有很多外國劳工。他们就不受上述规定。
但若比其外劳自己國內工资高很多倍，所以仍樂意到台灣
工作。人的工资低，其購買能力一定不強，商店開得越多，
大家都有吃老本。据我住家小李告诉我，他的店面生意比去年差
得多。主要原因近年同样的店多了十多家，大食街這麼大，
人口又這麼多，当然生意越不好做。

　　兩岸若如這樣闹下去，可以說兩敗俱傷。台灣近年来經濟
不振，只陸的文攻武嚇有關。至於台獨一事，亦不是那麼简
單。僅是台灣的少數中的少數。他们总覺得受到以前國民黨
的压迫。這些都是以前的大地主，亦可以說他们是压迫台灣
人的台灣人。现在還想做台灣的領導人。實際島内反对台
獨的人仍佔多数。就是不想过覺得太義的生活而美。在這
方面兩岸基层比較大。当然像他们都是奉公守法的人来講，
都是一样。但在經偉收入方面来講，你们就少得多了。這確實
是最只问题。所以一直希望双方在经济上合作。我一回到上海
就覺得精神一振，它一直在变，在進步。但一回到大食，見到
工廠一年不如一年，心裡就覺得很難过，尤其工廠的幹部们
的花費仍是那麼大，我真不知他们鄉裡如何廉事？我雖不是商
人，但我參观过很多工廠，亦聽过很多简报，好像都不是像家

乡工厂那样子。在台湾你看到工厂里的员工都很忙。反之，我在家乡看到的好像无事可做。常觉得很奇怪，这就是工厂制度有问题？不开门亦不行呀！但愿能改善，人人都有好日子过。

我很高兴知道府上都平安，我们是一批小老百姓，家内平安就是福。大事我们管不到，身体健康最重要，等一切为前。血压现在是80～130，属正常。邮票全部收到，谢之。

在此祝福

阖府健康！快乐！

弟
昌鸿敬上 95.4.8.

国基乙·嫂：弓推

　　接到七月三日来函·一则忝喜·因我很听生卷乙丰函
使我晓解家乡情形·二则忝忧·想不到家乡经济
沈没乙如是·不过我看根纸全球的不大景气·台
湾现在亦是十年来失业率最高·但好像亦很矛盾·此
地总觉劳工不够用·现在台乙外籍劳工(东南亚国家都
有一度曾想用大陆劳工·终因老宪防泡困素而作罢)·
约左十万人以上·因为现在台湾用一位本地人乙工资·
可用二位外籍劳工·而且外籍劳工听话·但亦有发
生几件主人强姦女佣·外籍男劳工殺害商店女主人·
甚至有死亡事件等等·亦有大陆偷渡客左台傭工作·存
了数十万之宇回大陆盖房子·还有一位弹瘴大陆偷渡
客·左台讨饭存钱写款盖房子的·有的倒霉·刚偷渡
上岸即抓到修待遣返·白乙掴牲数万人民幣的偷渡
费·甚至最倒霉的左海边淹死·总之·事隆亦出乙不少·

小敏家的事·家母故世後·原則我少問？她們並不尊重我·家母刚故世·俞鶴林就改口叫我韩昌鴻·当時我確實很生氣·但現在想：本来我與她們沒有什麼闘係·叫我韩昌鴻是對的·在家鄉我們是同学·我非常珍惜我們倆兄弟之間的情誼外·現在，有幾位有血緣關係的堂兄及堂佳了·每月高通信的候外·小敏那裡我沒有寄信·因她也不回信·清明節前我要通一次電話·據小敏告我·丽梅已交男朋友·是驾驶·以我明年清明不要回去，待下半年俞梅结婚时再回去，韩昭後後有没有演什麼，心想故家母事重要，还是她女儿结婚重要，我是要思改的，最多找送一份礼意思下就可以了，尊意为何？请示告。

最後谢～之寄我漂亮的邮票，主祝福

祝府健康！快樂！　　　弟昌鸿敬上，86.7.16.　　　附「首日封及专报」。

国基之/嫂 惠推：

九月七日来敬悉。因受之父嘱记买一车书及期间过了一个在北见/不到月亮的中秋节。所以延到今天才拿起笔来给之/嫂回信。非常抱歉，请多原谅。

最近太仓政协单位的一位曹 浩先生，可能以探亲（可能是探其父）名义来台。找到了台北市太仓同乡会，太仓同乡会特别临时找了部份同乡聚餐。他在乡会中发表了太仓东边浏河区设置了什么码头。听他说太仓市发展得很好，当然我心里有数，轻轻带过了。据台湾报纸报导，大陆与美国贸易量已超过日本，而且在外汇存底亦超过台湾。为什么失业率那么高？台湾往大陆发射飞弹至南部的高雄港外及北部的基隆港外海，贸易量大不如前，失业率近十年来达最高点。但有一点予盾点。国外来的劳工，原规定只能停留二年在台工作，现准备延长为三年，主要外劳工资便宜，国内工资高，约用国内工人一人，外劳可用二人，且很听话，所以一般厂商愿意用外劳。但亦引起些人向劳工委员会院请议会。最近外界又发起扫黑（帮派）。帮派头子抓了很多很多闹起有的消息灵通逃到国外避风头。另又扫白，扫白是本原是黑道份子，后经选举当选民意代表，最近抓了一位野的副议长。另又扫黄，每天警员（他们就逃的公

164 /

人員，到各種遊樂坊逐店清查，可說一遍鸡飛狗跳，但確实另傳在治安方面已到了警戒線，單身女孩不晓心，不是被搶，就有計程車司機開到郊外強暴，還有幾女人喉管刺死，可說無奇沒有。現在若又剪了一立报纸，請自己看吧！真是穿亦穿不完！

我現在每天早晚吃高血壓的药，經医生診斷，血壓擒高，心臟有缺氧現象，但勿放心，將身體沒有覺得什么地方不通服，早餐吃三碗稀飯，中、晚只吃二碗飯，最近我在看「金剛经」经书，很多地方看不懂，再找「金剛经」各種解释本，再看電視台法師的講经，現在對「金剛经」的涵義稍有進步！对人生的看法亦比前稍有不同，總之，對我個人言亦有幫助，特在此說明一点，讀「经」是学佛在世時为人處事準則，叫我們为何對一般事物看法共處理，可以說對人內涵修養方面有深厚的教育意義，非一般人拜佛就是拜神，那是錯了，拜佛是對佛的敬仰，要学佛的涵養，修自己的修为，這方面以後見面時再讀。郭鳳梅現在一家公司上班，還算正常。家豪已讀國中二年級，人並不笨，就是不用功，每月花費在他身上的補習費（除了正常上課外，晚間再在補習教師的老師下補功课至八時返家）/詩台幣壹萬元，我在想放棄，他不願讀书，將来学個手藝亦好，但郭鳳梅不死心，我亦隨她的便，不再顧問，吃飯不会那么嚴重了，但挑食很严重，很多菜不吃，真是无奈！佳蓉现读国小三年级，功课不错，考试各课均在九十分以上，字亦写得很端正。老师给她的评分是甲上，另加一个长（？）。在二年级下学期时还得了台北市市长模范杯，现在看起来还不错，将来是否会变，那就不知道了。近来可能看佛经较多（连报纸亦很少看，大事管不到，小事与我无关，除了名人事、论两岸关系外，确实看很六趣不高）。所以对佛经发生兴趣。现摘录一句话给您看——我们学佛而不得佛法的受用，解根结底，我们的毛病是「放不下」「看不破」。您觉得如何？我们每日痛苦，就在这六个字上。另外我在「金刚经」上再录四句偈语——一切有为法，如梦幻泡影，如露亦如电，应作如是观。解释这四句偈语，可能要再写二三张亦写不完。综括一句话，世界上的事物，都是一个「空」字。能放得下，看得破，我们的心情就清净，不会再给家事、俗事困扰。当然「放得下，看得破」说是容易，做就困难了，这都是内在的涵养功夫，是否对我有领悟，只有用时日来慢慢学习吧！

北珍近来代看为其住在高雄哥哥的女儿（生小孩事）来回台北，高雄已好几趟了。家明现在一家私人公司上班，至于知道，说句惭愧的话，帮不了主，听其自然吧！

已写了三张，下次再谈吧！最后祝福

阁府健康！快乐，

弟冯鸿敬上 P6.10.3

第六章　叶落归根的计划

　　叶落归根的观念深深地扎根在每一个中国人心底。韩昌鸿也一样，在外 40 多年，随着年岁渐增，回家定居养老的念头也越来越强烈。

　　在与老友的信函中，他一次又一次地提到自己归乡的想法，诉说自己的实际情况，请老友为自己分忧。

　　为了留住父母一生的基业，他往返奔波。故居拆迁，他响应政府的号召，按照拆迁政策购得一套住宅，也为自己和妻儿将来回乡做准备。

　　虽然对故土的思念与日俱增，但在复杂的现实面前，他却不得不徘徊思量。一次次的书信中，他将自己的心事细细地告诉老友，请老友蔡国基帮忙关注家乡的政策，给他出谋划策，分担他的忧愁。

葬我于高山之上兮，

望我大陆；

大陆不可见兮，

只有痛哭。

葬我于高山之上兮，

望我故乡；

故乡不可见兮，

永不能忘。

天苍苍，

野茫茫，

山之上，

国有殇！

——于右任《望故乡》

树高千丈，叶落归根

树高千丈，叶落归根。对故土的眷恋是人类共同而永恒的情感。

受农耕文化的影响，中国人世代生活在一个地方，对家乡的感情更为深厚；正统的儒家思想又强调"父母在，不远游，游必有方"，因此中国人一旦离开故土，就会产生思乡之情。远离故乡的游子，即使在耄耋之年，也希望能叶落归根，最终回到本乡，甚至死了也要葬在故乡。

这是中国人的"家""国"概念。离乡的华人，不论富贵荣华，还是平民一生，到老了，还是希望自己能回到故乡，死后也要与已故的亲人安葬在一起。

2003 年温家宝总理在中外记者招待会上，回答台湾记者提问"对两岸关系的看法"时说："说起台湾，我就很动情，不由地想起了一位辛亥革命的老人、国民党的元老于右任在他临终前写过的一首哀歌。"那就是著名的《望故乡》。

1949 年，伟大的爱国政治家于右任先生被国民党当局其他成员裹挟着飞到了台湾。他的结发妻子高仲林、大女儿于芝秀等亲属因为没及时联系上，留在了大陆。

在台湾生活的 15 年里，于右任苦苦思念留在大陆的结发妻子，经常独自登上高山，遥望大陆黯然神伤。他怀念三秦大地，怀念妻子和曾经的朋友，在诗中写道："夜夜梦中原，白首泪频滴""昨夜梦入中原路，马首祥云照庶民"……

1962 年，于右任先生 83 岁，年迈体衰，重病缠身，他在日记中记下了心中的夙愿：

我百年后，愿葬于玉山或阿里山树木多的高处，可以时时望大陆。我之故乡，是中国大陆。

——1962 年 1 月 12 日于右任日记

葬我在台北近处高山之上亦可，但是山要最高者。

——1962 年 1 月 22 日于右任日记

一夜未眠，到天快亮的时候写下《望大陆》。

——1962 年 1 月 24 日于右任日记

1964 年 8 月中旬，于右任病倒，住进台北荣民总医院。9 月的一天，老部下到医院去探望他。由于病重及喉咙发炎，于右任不能说话，向守在身旁的下属先伸出了一个手指，然后又伸出了三根手指。

这一个指头和三个指头是什么意思？大家都不明白。

此后，老人的身体状况每况愈下，1964 年 11 月 10 日晚上，还没来得及向身边人解释清楚手势的含义，他就病逝于台湾。

后来，资深报人陆铿对"一个指头、三个指头"的理解逐渐为大家认可：撒手尘寰之际，于右任心心念念的还是：将来中国统一了，将他的灵柩运回大陆，归葬于陕西三原县故里。

"一"代表祖国统一，"三"代表故乡陕西三原县。

骨肉分离，到去世都未能再回大陆，不能叶落归根，成了于右任心中永远的痛。

他留下的保险箱里，除了一支钢笔、数方印章、几本日记外，就是结发妻子为他缝制的布鞋布袜，他舍不得穿，宝贝一样地珍藏多年。

按照他生前的遗嘱，于右任死后被安葬在台北西北部的最高峰观音山上，墓园有对联："西北望神州万里风涛接瀛海；东南留胜迹千年豪杰壮山河。"

在海拔 3997 米的玉山顶峰，还竖着一座 4 米高的于右任铜像。从墓前向西北眺望，台湾海峡碧波荡漾，隔海即是祖国大陆。如此安排，是为了了却于右任死后登高远眺故土的心愿。

叶落归根，是深入中国人骨髓的观念。正是这份沉重的乡愁、对亲人和故土的思念，让机长王锡爵不惜冒着生命危险驾机飞回大陆；甚至皈依佛门、斩断尘缘的星云大师，在政治环境稍稍松动的 80 年代，冒着被监视的风险，和母亲、弟弟在日本秘密会面，在两岸"三通"后，多次返回大陆，重归故乡的怀抱。

韩昌鸿：我要叶落归根

　　韩昌鸿在其母亲去世后给蔡国基的信中，常常悔恨自己当初请母亲来台湾的举动。

　　1993 年可说我均在困境中度过，尤其丧母之痛，至今仍耿耿于怀，有时一人静下来回忆往事，若我不听家骏话，不请家母来台，是否不会发生不幸事？当然事情已发生，追忆无益，但总觉得是一件憾事！

——韩昌鸿 1994 年 3 月 14 日信件

　　当时，他把母亲来台方案做得尽可能周详，计划先请老太太去台湾探亲小住，看看老人的适应情况，如果老人很习惯台湾的生活，再考虑给她办理长期居住。

　　然而，韩周雅云不仅没能在台湾定居，就连探亲假的三个月都没有过完，甚至还没能在儿子台北的家中住上一晚，就骤然病倒了，被送到医院急救。

　　稍待韩周雅云病情稳定，韩昌鸿又不得不匆忙护送生命垂危的老母亲回到太仓老家。

　　日夜侍奉在老母亲身边，尽心尽力地尽人子的责任和义务。无奈护照的期限到了，虽然对母亲的病情满心牵挂，无限忧虑，却又不得不离开大陆，

　　一个多月后，韩昌鸿再次申请回乡探母，守候在老母亲身边，奉汤伺药。

这一次，韩周雅云没能再好起来。1993 年底，她在太仓老家去世。

蔡国基鼎力相助，帮助韩昌鸿处理丧事。此种深厚情谊，让韩昌鸿衷心感谢，终生难忘。

四十多年的思念，还没来得及好好看一眼儿子生活的家，韩周雅云的脚步便永远停了下来，留给儿子韩昌鸿的是这一生再也无法释怀的思念和遗憾。

老母亲的去世，对韩昌鸿的打击很大。

此次返家，唯一感触，家母不在，内心甚为伤感，半夜梦醒很希望，家母立于床边，仍像往日细语长谈，虽家母已离我而去，已一年余，但我仍有时想念她，叹！人生太短。

——韩昌鸿 1995 年 4 月 2 日信件

父母在，人生尚有来处；父母去，人生只剩归途。

对韩昌鸿而言，如果说母亲在世时，乡愁是母亲的翘首期盼，那么母亲离世后，乡愁变成对埋有父母遗骨的故土的依恋。

因心情不好，所以哪里亦没有写信，但心里很着急，很想知道兄嫂近况，及炳生（堂兄）哥嫂的生活状况，娘舅家的情形，虽然明知你们都很好，但心里总觉得挂念着，从故家母往生后，心里一直觉得很孤独，无依无靠，心里的反常我自己亦说不上来，总觉得不快乐！现在很少到朋友家，已有半年多没有打牌，再说连打牌亦提不起精神，现在唯一的希望等待小儿家豪读书告一段落后，想返家乡定居……

——韩昌鸿 2001 年 4 月 15 日信件

1947 年，15 岁的韩昌鸿离开太仓去台湾，此后就是四十多年的远离。在老家生活的 15 年里，能有记忆的不过 10 多年，然而，除了父母至亲，那一方生他养他的水土，那陪伴他度过少年岁月的同窗好友，特别是蔡国基夫妇虽然不是亲人却胜过亲人的情谊，让他永远难以割舍。

……说真的我很想返乡过老年生活，虽说在台时日比家乡长，但我心中仍觉得家乡好，这可能是树高千丈，叶落归根之心态吧！

有空请常来信，亦可释我家乡之念，最后，祝福！

弟昌鸿敬上

——韩昌鸿 1995 年 4 月 2 日信件

和很多漂泊在外的游子一样，韩昌鸿对大陆的山山水水也有着难以割舍的眷恋。

尤其我国河山，就是全世界各国，亦比不上我国，我虽不幸像兄可亲到各风景区游玩，但不幸者尚有小幸，我最近买了一套（5 卷）《浩浩长江》的录影带（从长江起源——四川到扬州、苏州、上海出口），在家观赏一路之景色，真是美不胜收，我亦看过《大黄河》《广西桂林》等影带，深感作为一个中国人是可以值得庆幸，兄有机会可以亲至现地观赏，不负此一生也！

——韩昌鸿 1988 年 9 月 8 日信件

自从 1988 年第一次返乡后，到 1991 年，韩昌鸿三次带着台湾的家人回大陆探亲，顺便也游历了大陆许多地方。当蔡国基在信中描述家乡的风光时，韩昌鸿非常高兴，这勾起了他的怀乡之情，但也正如他回信所言：奈何路途遥远，只能回忆童年境况，不知现在是否与童年时相似？

随着影视资讯的发展，每周四到周日，台湾当地有三家电视台轮流播放大陆各地风光风俗，韩昌鸿都会用录像机录下来，前后已经录了40多卷录像带，以便思乡之时可以看看。

在母亲去世后，韩昌鸿的思乡之情不仅没有因为母亲的离世而消失，反而更加强烈。

念旧的韩昌鸿写了好多封信给蔡国基，几次三番地向蔡国基倾诉：他留恋家乡的一草一木，思念家乡的亲友，羡慕蔡国基在家乡的退休生活，念及自己，一生的大半时间漂泊在外，如无根的浮萍……

思念家乡，思念家乡的亲友，在韩妈妈去世后，韩昌鸿和蔡国基之间的这份友谊更深了。

"有空常来信，不要忘记'海'的那一边还有一个老同学。"此后韩昌鸿写来的信件里，经常以这句话结尾。他想回乡定居，安度晚年。

思乡心切的韩昌鸿甚至付诸行动，开始不停地做妻子郭凤梅的思想工作，希望带着儿子女儿一起回太仓定居。

为了回乡定居，努力！

1994 年，在家乡的蔡国基也退休了，与刚刚丧母的韩昌鸿之间信件往来更加密切。韩昌鸿自母亲过世后，心情一直不太好，常觉得很孤独。

这一年，仅仅现存的韩昌鸿的来信就有 10 封，算下来，几乎每个月他都与蔡国基有信件往来。

1988 年，韩昌鸿陪母亲从香港回太仓，再返回台湾后，有三年时间一直赋闲家中，基本上就是退休的状态。

母亲去世，韩昌鸿料理完丧事返回台湾后，按理说，他不用再考虑经常回家探亲了，但是随着年龄渐渐增长，他的思乡之情更加浓烈。

他羡慕刚刚退休的蔡国基，子女均已长大，且各自成家立业，闲暇之余，可与原来的同事聊聊天，打打不来钱的麻将。因为在家乡，周围都是熟悉的邻居朋友，没有孤身在外的漂泊感，空了大家说说笑笑，生活过得多姿多彩。

韩昌鸿对自己的生活不满意，他羡慕蔡国基在家乡过的日子。他盼望着蔡国基给他写信，谈谈家乡的事情。

近二月多来未曾接到你的来信，非常想念，退休后仍那么忙吗？还是其他事情，请来函告知，以释远念。

——韩昌鸿 1994 年 6 月 30 日信件

还是家乡好，没有事找几位知友聊聊东南西北事，我在台湾若要找朋友聊天，一个是不见面的聊天，就在电话里讲，否则人家到我家来，或我去别人家，首先就搭汽车，没有以上过程，那就免谈，所以我现在一天都困在家里，除了看报，看书，哪里亦去不成，真是坐吃等死，这就是我的人生。

——韩昌鸿 1998 年 10 月 12 日信件

那个时候虽然电话费很贵，节俭的韩昌鸿还是忍不住想在电话里和蔡国基聊聊天。

在电话里，韩昌鸿跟老友说，对比大陆，台湾物价飞涨，台北市的生活费用很高。从前蔬菜是论斤卖，现在因为价钱太贵，人们买不起，小贩们开口吆喝的时候，都不再论斤，而是半斤二两地开价了。一斤小西瓜要 15 元（新台币，下同），买上一整个就得100 多元，每天仅买水果一项，韩昌鸿家就要花费一二百元。常常一张千元的大钞拿出来，买不了几样东西就没有了。

台北物价之贵，让韩昌鸿更加想念家乡的好处。在改革开放的浪潮下，家乡太仓也开始发展了，平日生活支出尚算便宜。韩昌鸿真的很想回家，希望带着妻子儿女回乡定居。

然而，定居的计划要实现，障碍不少。首先，韩昌鸿的儿子、女儿如果到大陆念书，当时台湾不认可中小学生在大陆获得的学籍。其次，当时台湾居民在大陆只能停留 3 至 6 个月，这就意味着，每隔半年，孩子们就要面临出境再入境的问题。2000 年 10 月，太仓政协原副主席曹浩率团来台北招商，韩昌鸿抓住机会，咨询关于台湾居民返乡定居的有关情况，他正式提出欲回太仓定居的申请。后来，在给蔡国基的信中，他一次次请老友关心大陆对台胞的政策，翘首盼望自己早日回太仓定居！

国基之 嫂：

久未字片问好，歉甚！近况若何，念之！

春节一过，清明日即至，弟预订于(三)月底返乡扫墓，该事惭愧！家母去年过清明时未返乡扫墓，因此今年弟必须返乡山次，以念子女之情，到那时我们又可畅谈一些往事，我相信一定是愉快的。

返乡在即，不知之嫂是否需要在台买些什么物品，我可顺便带回，请不必客气，仅是举手之劳而已，请正告之。最后 祝福

贺你们 健康！顺手。

弟 高德 敬上 P.S. 2.28

注：请劝時不要给小敬用。

国基兄、嫂：

短短的数天相聚，使之/放弃了家独工作相借，内心非常感谢，更题于之对我之阔懐。胜似亲之辈，永感师瞬。

此次返家，唯一感觸 家母不在，内心甚为伤感。半夜梦醒很希望 家母之在床邊，仍像往日细语长谈。難家母已离我而去已乙数餘，但我仍有时来看她，嘆！人之太短。

返台後我利用时间，向郭凤梅敲吹返鄉定居事。看样子她未同意我们全家返鄉，现在成老费的是待房子事不知如何解决，将事若解自己造。最可理来，最坏的只分配土地。这一题请兄多劳神代为注意一下。

说真的我很想返乡过老年生活，虽说在台时日比家乡长，但我心中仍觉家乡好，这可能是树高千丈，落叶归根之心态吧！这点可能之没有我之体认，主要是兄一直在家乡生住之故。

有空请常来信方可释我怀乡之念。最后。祝福

阖家！

弟 郭昌隆手之

P.S. 42

图基兄、嫂、子恬：

　　前次寄的信，想已收到。这次可找了一个大麻烦给您伤脑筋，实际上是一件单纯的回乡照养老。别无他意，但受了国家政治问题，牵连到毫无寸铁，毫无权势的小老百姓，这是做中国人的悲哀！叹！奈何！？

　　几次电话连络，总觉得说得不太清楚。我想返乡过老年生活，主要由于这次返乡前，共郭凤梅争吵，引起高血压。最高到18P，最低107。头有点发胀，两脚发软，身体向前倾。她知道，本来她要劝阻我返乡扫墓，或者她要陪我一起回来，我不同意。同时她要回来手续亦来不及，所以仍然我一人返乡。回台后我又去荣民总医院看病，又去看中医。荣总检查心脏没有问题，血压高一点，现在每日吃一次降血压药。但中医医生讲得比较严重，你看现在现象是"中风"前之警告，嘱我要小心。换言之，就要长期休养，不能劳累，所以我才有返乡之念头。尤其我住五楼，上下楼梯要靠双脚吃力，下楼时还要小心不要跌倒，否则真是生死不得，那很惨。回想敌家父躺在床上五年，那真是可怕，自己生病没有办法，若连累家人那真是惨了。现已吃了一星期药，稍为好一点，但双脚还是吃力。

昨（20）天我与旅行社电问，我与郭成梅可办商务签证，一次签两年，可多次出入大陆。现在问题在两个小孩，他们不能办商务签证，据告在大陆之台商，他们的小孩赴台，主要保持资额超过最高额时，由大陆投资单位出具证明就可以去，像你这样口气办探亲，一次三个月，最多再延长一次一个月，这样我没有那么多精力及金钱两地二边跑，小孩读书亦不安心，为此问题不解决，我是要回返乡休养，引鼎为帮助，我非常感谢，但不知引是否可解此难题，必须尽力而子，若不行再点别作罢。

原来我与邓成梅的构想，是在大会一幢房子居住，过老年生活，因未我与一位朋友商量（他是上海人）。他说你们全家突然回去居住，恐怕会被乡亲视为异怪。在家乡一般觉得外侨比大陆好，为什么你们要回去，而且家里去世时没回去，故世了才回去，好像没理由，可能使你们那边公安单位质疑，甚至你们（指我们）得到返乡休养，但家乡的人可能不会好想，或可能误为外地人，这种想法那还有点可怕，但又不能不考量，还是时隔四十多年了，所以我再与成梅商量做生意的事，家眷的意思做吃的生意，例如卖饭盒、炒粿条、炒粿，可乐饮料等（在台湾很流行，尤其小孩爱喜欢吃，我在大会还没有看到做此生意之店），我还是必要再回乡一次，共见等商量，重评估市场做这生意是否可行。百想千系想这的问题，小孩回乡上学问题，以此问题无法解决，其他都无法做了，老兄，还再帮我想，是否有其他好办法？若必要，我须再返乡一次，向有关单位或个人沟通，老兄，意思为何，请速函告之（因在电话中讲不清），待候佳音。

　　最后，祝福。

贤弟。

                                          昌健敬上
                                          P.S. 4.21

                                                        / 183

第七章　日久弥醇的同窗情

　　1997 年后，1932 年出生的韩昌鸿和蔡国基都已经是 66 岁的老人。

　　两人都快步入古稀之年，书信往来多有不便，再加上电话、网络的兴起，新型的通信技术让老哥俩有了除写信之外其他的联系手段，往来书信少了，但是相互的牵挂和思念并不减少。

　　游子情怀萦绕着韩昌鸿的一生，越到暮年，他的乡愁越多越浓。先是因为幼年儿女的学业，现在是由于自己的健康状况在走下坡路，使得浅浅的一湾海峡，阻隔着他的回乡梦。

　　那一份浓浓的乡愁，还要继续下去；韩昌鸿和蔡国基之间维系一生的友情也还在继续……

家长里短，情义无价

在韩昌鸿写给蔡国基的信里，老哥俩无话不说，无话不谈，地域的距离并没有阻碍他们的亲密互动。

国基兄嫂：

日子过得很快，记得不久才写给家母的信，没想到家母又在盼望我的去信。说真的，说不忙吧，一天下来亦是挺忙的……就这样一日，一周，一月，好像走马灯似的，一眨眼又过去了，经去年返台，在外做事，又是一年多了，真快。若不做事，可能在时间上会觉得慢一点。另一角度在盼望某一事的出现，因心情集中，总觉得很慢到来，家母就是出于此心情，以后我会注意，谢谢兄的告知。

今天看到报刊，明年邮票生肖图案是猴子，叹！我们已是一甲子之老人了，兄嫂是祖父、母辈了，可是我还在与小孩作陪，真不知是年老抑或年轻郎。

随附 10 月 30 日发行"孔雀"一套，望兄喜欢。

——韩昌鸿 1991 年 11 月 10 日信件

在琐碎的日常聊天里，韩昌鸿向老友感叹岁月的流逝，时间匆匆。一年又一年，他们这样互相交换着彼此的信息，并没有什么豪言壮语，写满一页页信纸的，都是那些普普通通的日常。

正所谓，细水长流，情真意切。细微之处，都是真情。

从请蔡国基了解家乡政策到劝老母亲换张床，从让老友代领拆迁款到为老母亲主理丧事，从自己家庭婚姻生活的点滴到为老友的子女教育支招……事无巨细，韩昌鸿和蔡国基都通过写信来与对方分享。

这一切，与金钱无关，与情谊相连。

除了让好友了解自己的生活状态，韩昌鸿也非常关注蔡国基的家庭和身体健康。

1992 年蔡国基也退休了，担心好友一时不能够适应退休生活带来的变化，1986 年就已经退休的韩昌鸿将自己当年退休之后的生活状态满满地写了下来，供蔡国基参考借鉴，"弟最关注两件事，即兄退休及身体状况，说真的，我是过来人……"

因为蔡国基来信中提到了退休后的"自由"，韩昌鸿极为关注，说他经历过那种"自由"。

从韩家母子相聚到韩妈妈去世之间的几年，韩昌鸿处于退休后又返聘的状态，处在退休和再就业之间。韩妈妈去世后，因为年龄超过 60 岁，韩昌鸿再难找到合适的工作，虽然身体还很硬朗，不能出外做事，就只好在家休息。这状况在台湾当地显得有些尴尬。

那时候，他每天看看股票，清扫卫生，有些事情高兴做就做做，不高兴做就不去做；这样的自由，实质上是很空虚的，在精神上失去了平衡，尤其在台湾，邻里互不往来，也没人可以随时约在一起搓搓麻将打打牌，来消磨一下时间，这让韩昌鸿总是感觉不踏实。

退休后一个人在家的日子，看起来也很有规律，但和之前上班的时候比起来，从社会退回到家中，落差太大了，所以他担心蔡国基退休后也会这样不适应，坦诚地以自己的经历现身说法，建议蔡国基去开创事业的第二春。

四十多年前，韩昌鸿和蔡国基还是 16 岁的少年。不经意的一别，再相逢，两人都已经结婚有了家庭，都已经为人父。两位老朋友谈论的话题，自然也绕不过彼此的家庭、夫妻关系和子女的教育。

因为再婚，韩昌鸿的小儿子、小女儿都很小，不似蔡国基子女都已经成人。也因为再婚，韩昌鸿经常需要兼顾好前妻和现在的太太间的平衡。比如回大陆探亲，第一次韩昌鸿带了第二任太太和孩子回太仓；第二年，他就携前妻和前妻生的大儿子回太仓。

在这样的情形下，故乡的老友蔡国基热情坦诚，充当韩昌鸿情绪宣泄的倾听者，不时给他支招，韩昌鸿便经常在信中向他倾诉生活的无奈和不容易。

"家家有本难念的经"，"清官难断家务事"。也许不能帮大忙，但蔡国基一直很关心韩昌鸿和他的家人，这让韩昌鸿倍感温暖。

兄关心我的家庭状况，我很感激，说句老实话，问题一大堆，真不知从何说起……写这封信一开头，我就说我很——孤独，没有人可帮我解惑，有时气得想自杀，但事情摆在眼前，又不是个性能忍受，但不忍受又不能扭转乾坤，所以只有眼睁睁看它自然发展，别无办法，真是会活活气死。

——韩昌鸿 2001 年 12 月 23 日信件

这样复杂的情景，想通过几张信纸写清楚当然不太可能。韩昌鸿每次回太仓，都会和老友长谈，推心置腹，坦诚而无保留。只有面对老友，韩昌鸿才能直抒自己心中的痛点；只有老友客观理性的分析，才让他看到走出困境的希望。

退休后的蔡国基，也如传统的父母那样，继续操心着子女们的生活，经常想着给他们分担一点生活的重担，在经济上面给他们一些贴补。韩昌鸿也会劝他想开一点，儿孙自有儿孙福，父母不能照顾他们一辈子，爱子女是人之常情，但也要放手让他们去过自己的生活。人生匆匆而过，也要留一点心思过一过自己的生活，保重身体，注意饮食，规律生活。

他们都已经是快 70 岁的老人了，按照常理应该都到了儿孙绕膝、含饴弄孙的年纪，蔡国基家的确如此，可韩昌鸿再婚后的两个孩子还没成年呢，为宽慰老友，韩昌鸿不惜拿自己的境况与之对比，还说"我可不烦他们的心呢"。

国基兄，明年你我合起来达 140 岁这个数字，在人生来讲，不算小了……兄"福寿双庆，儿孙成群"，您对令祖先已有交代，仅视我一事无成，愧对家列祖列宗，人又像水上浮萍，不知根落何处？近来深夜想到此处，无法入眠，更不知何去何从……

——韩昌鸿 2000 年 12 月 25 日信件

命运的波折，生活的无奈，两位老友经历了失联的苦痛，独自打拼的寂寞。岁月倏忽而过，依然保有对对方的真诚，共享喜悦，同分忧愁，就好像曾经在少年时代，他们分享的"麻雀蛋"和绿豆汤。

年近古稀的韩昌鸿，滞留在海岛，有家不得回。在母亲过世后，他更觉得孤单，唯有在几十年的故交蔡国基这里，才能一吐心中的难言之隐，感叹做人之难，说说心里话，最后，还不忘提醒"但愿不会影响兄之心境"，这是怎样的深厚友情！

有病要看，别拖

1987 年，在中断 40 多年音讯后，蔡国基和韩昌鸿再次联系上的时候，二人都已经是 56 岁的年纪，早已不是彼此记忆中十六七岁的少年了。年过半百后，各种疾病开始慢慢找上门来。

从部队转业复员后，蔡国基进入太仓市的卫生系统工作，成为医疗系统的工作人员。韩昌鸿在部队服役了一辈子。从各自的职业来说，蔡国基比韩昌鸿更懂得健康和养生。但当得知老友有失眠和眼疾时，韩昌鸿最记挂的事，除了母亲的生活，便是蔡国基的健康。

> 兄的失眠症，还是找医生问问，常吃安眠药对身体并不好……
>
> ——韩昌鸿 1999 年 1 月 18 日信件

> 至于兄写了一大堆的病情……还是去看一看。"生老病死"这是人和动物正常循环现象，现在人的寿命越来越长寿，主要靠平日营养及医学发达所赐，使人延年益寿！这事要自己掌握，兄在信上写：什么"夕阳西下，暗淡少光"之类字句，您不是在吓我吧！老实说，大嫂还要您的照顾呢，就连我也需要您这位老同学照应呢！返乡时谈往事，您不觉得这是一件乐事吗？有病就要去看，人活着就要动，每天都要离开家走动走动。
>
> ——韩昌鸿 2001 年 12 月 23 日信件

> 兄府上近况如何？尤其眼疾是否已好转？这是弟常挂心中之

事，请告知，以释远念！弟一切如前，请勿念！

——韩昌鸿 2002 年 12 月 25 日信件

有一次，蔡国基在写给韩昌鸿的信里说，自己有咳嗽病，咳嗽的时候，又感觉浑身无力使不上劲，咳不出来，因此感叹老了，不再年轻了，字里行间透出非常悲观的气息。

韩昌鸿急了，立即回信，建议蔡国基像他一样，多运动，有时间和家人一起出去爬爬山，还要在心态上乐观一点，千万不要被悲观的心理打垮了。

谈起身体健康与否，可从二方面来说，一是"生理"，是属于体质而言，另一为"心理"，这是理念问题，我想不必在此详加解释，兄比弟更内行，不过兄信上所言，好像严重一点，不要"心理"打垮了"生理"……想不到反引起兄那么悲观，那是错的，去找医生对症下药，才是正途。……总之，兄应去看医生，多运动，身体一定会健壮起来的。在此祝福身心愉快。

——韩昌鸿 1991 年 11 月 10 日信件

1993 年，韩昌鸿的大儿子韩家骏回大陆探亲，给父亲打电话时提了一句：在家乡看到蔡伯伯，好像精神不太好……

韩昌鸿得知消息后第二天就写信给蔡国基，专门探问蔡国基咳嗽的病情。

前几年我回乡即发现兄咳嗽的病，好像我问过兄，还劝兄去看病，但去年回乡，兄咳嗽的病好像已好了，昨天我与家骏电话联系，他告诉我：在家乡看到蔡伯伯，好像精神不太好。我觉得问题即在此，我希望兄精神振作起来，有病即要去看，更不能拖……

————韩昌鸿1993年5月28日信件

为了督促蔡国基早日去医院看病，在台湾生活了大半辈子，已经习惯了台北都市生活的韩昌鸿，不惜冒犯朋友间的边界，直接提到蔡国基是否囿于经济紧张而不愿去医院诊治。

我讲句冒昧话，如兄手头不够，弟乐意支应，如何？（来信告知即寄），兄不必客气，弟还有一点能力协助，快去看病吧！

————韩昌鸿1993年5月28日信件

一次次回乡探亲，韩昌鸿对蔡国基的经济状况了然于心。

与月入过万元的韩昌鸿相比，蔡国基家里的经济条件的确不算好，他只是一名普通的公务员，收入不及韩昌鸿的十分之一；虽然三个子女都成家立业了，但几个孩子的工作并不理想，蔡国基也常常在给他的信中提到对几个孩子的担心。

2018年4月份，蔡国基在接受采访时，还对台湾人的精明做了一番评价。

韩昌鸿的一些亲戚曾经抱怨，台湾人很小气，很抠门。蔡国基不以为然，他对记者说，台湾人不是小气，是精明，他们看重的是真情。

韩昌鸿也曾在信中说，他的交友原则是注重情义，而非利益。如果做朋友是为了占人便宜，那这种朋友交了也没什么意思。

虽然当年大陆的生活水平比台湾低很多，一般台胞的亲友都期待着得到经济上的援助，但蔡国基从来没有想过要从"大老板"朋友韩昌鸿那里得到物质或金钱上的好处。

韩家在东港路一带的老房子要拆迁了，蔡国基帮韩昌鸿领拆迁款，上午领了款，做好记录，下午就帮老友存到银行，再把卡寄到台湾。等韩昌鸿回来后，他再陪着韩昌鸿一起去银行领取。

韩昌鸿每次回太仓，都会提前在信中问一声：有什么需要我在台湾买的吗？告诉我，我从台湾带回来。

但是蔡国基没有开口要过任何东西，后来被韩昌鸿追问急了，才拜托他在台湾买一套当时大陆不容易买到的《红楼梦》和《金瓶梅》。

蔡国基的家庭条件并不好，为了从物质上面给老朋友一些帮助，韩昌鸿从台湾带回来一台东芝冰箱。冰箱运到海关后，去提取的时候要交手续费，为了不让蔡国基花钱，韩昌鸿亲自在海关交了100美元的税，然后直接叫车送到蔡国基家里。

这样的诚心诚意让蔡国基和家人都非常感动。他随即也告诉韩昌鸿，不能再接受其他的馈赠，因为自己所做的一切，并不是为了钱，而是出于他们之间的情谊。

虽然韩昌鸿拿的工资比大陆高很多，但蔡国基知道，已经退休的韩昌鸿还有一家四口要养，前妻兆珍处也需要韩昌鸿的照顾，所以他不仅从来不会开口要韩昌鸿买东西，还在韩昌鸿打电话过来的时候，怕韩昌鸿多花了钱。

这些大大小小的事情，韩昌鸿看在眼里，记在心中。他完全明白，蔡国基所做的这一切都是因为他们之间的友谊，深情似海。

几次过春节，韩昌鸿送蔡国基的贺礼都是一盆蝴蝶兰。在台湾，人们逢年过节最喜欢送蝴蝶兰，因为它代表了富贵和吉祥。

在韩昌鸿看来，任何物质上的馈赠都不足以表达他内心的感激，唯有代表了美好寓意的鲜花，才不会沾染他们之间的情谊。

国基兄嫂：

您是我唯一支持者，同时亦是唯一能相互勉励的知己者，我非常珍惜兄之情谊，亦是我最大之幸福也！……

——韩昌鸿 1994 年 10 月 7 日信件

当蔡国基可能因为顾虑经济问题而不愿就医的时候，韩昌鸿毫不犹豫地伸出了援助之手。他不止一次地在信中提醒蔡国基，有病要及时就医："兄有病要去看医生，需弟协助，只要来信，弟即汇款，请不要客气，兄相信我，我尚有此能力。"

他还提议，等蔡国基身体恢复健康，大陆与台湾"三通"了，他要请蔡国基夫妇去台湾游玩，让他尽一尽地主之谊。

最后一封信

国基兄嫂：

久未写信问好，歉甚！想必合府健康，一切如意，为祝为祷！
……

——韩昌鸿 2006 年 12 月 20 日信件

在给老友写了这封信后，韩昌鸿生病了，再没有回大陆。他生病后的身体状态也不允许他再写信。虽然他曾经说，写信比打电话好，不像在电话里，三言两语，好多事情说不清说不透，写信则可以多写一点，所以他更喜欢写信。

事实的确如此，以前每回写信，即使信纸正面写满了，韩昌鸿还要在反面写几句，常常已写完落款了，他还有几句话要补写上。纸短情长，每一封信都承载着思念和牵挂，也仿佛还有不得不搁笔的无奈。

从 1987 年辗转三地，通过蔡国基和杨洪源兄弟的帮助，韩昌鸿和母亲联系上后寄出第一封信，到 2006 年 12 月 20 日，蔡国基收到韩昌鸿从台湾寄来的最后一封信，两位分隔在海峡两岸数十载的老朋友，从壮年到古稀，他们鸿雁往来，共传了 80 多封信件。

二十多年过去了，时间在变，环境在变，唯一不变的，是他们彼此的牵挂。

在这最后的一封信里，韩昌鸿告诉老友，他搬家了，从台北搬到了妻子的娘家桃园县中坜市。

中坜市位于桃园县的北部，为南桃园的中心都市，与桃园市形成双子星，是桃园县的第二大城市。

在中坜市的生活非常方便，街头遍布便利店，买日用品、食物，寄快递包裹，缴水电费，买火车票……所有生活中的事务都可以在便利店解决。

韩昌鸿位于台北的房子在五楼，对渐渐年迈的韩昌鸿来说，上下楼是个大问题，他的膝盖不好，爬楼梯膝盖疼痛；台北的房价很高，在台北再买房子不太现实；回大陆定居又不现实，综合考虑，韩昌鸿卖掉了台北的房子，转而在离台北不远的妻子娘家中坜市买了新房。

2006年8月8日，韩昌鸿一家从台北市搬到桃园县中坜市。

在中坜市的生活还没太习惯，韩昌鸿就写信向老友报告近况：

小儿子家豪在台北读职高；女儿在台中市中兴大学经济系读书。前妻兆珍和大儿子家骏还在台北。

一家人分隔三地，中坜市的大房子里，只有韩昌鸿郭凤梅夫妻俩居住，显得空荡荡的，夫妇俩感到冷清和寂寞。

这封信写在12月20日，此时距离阳历新年只有11天，离农历年还有两个月。

像每年岁末年初之际那样，韩昌鸿在祝福老友新年快乐的同时，也感叹时光倏忽即逝。他们哥俩又要增加一岁年纪，算算，两人都已经是74岁的老人了。

此后，除了2008年1月21日寄来最后一张贺年片，韩昌鸿再没有写信给蔡国基。

"烽火连三月，家书抵万金"。曾经，在战火纷飞的年代，家书是亲人之间互报平安的重要方式。而对游子来说，家书是缓解思乡之苦的一剂良方。

30 年岁月，80 封来信。这样的坚持，若不是源自彼此真挚的情谊和相互的惦记挂念，是不容易做到的。

然而，海峡两岸间，这样的亲情友情故事肯定远远不止蔡国基和韩昌鸿这一对。

同样靠鸿雁传书的故事，也发生在无锡市的 80 岁老人缪璚和她 91 岁的台湾二姐之间。

从 2008 年开始，二姐因为身体原因无法再回无锡，姐妹俩便开始一来一往互传家书，此后 9 年的时间里，从无间断。截至 2017 年 7 月，缪璚已经收到 109 封二姐的来信，而她也给二姐写了同样数量的回信。

"我对着天空想着彼岸的亲人，不禁老泪纵横，恨自己老了，力不从心，想回乡看看我想念的亲人十分困难。" 缪璚的二姐在信中这样说。这应该也是海峡对岸韩昌鸿的心声。

进入 21 世纪后，改革开放取得巨大成就，两岸的通信手段越来越多，鸿雁传书并非最快捷便利的联系方式。写信，寄信，常常一封信送到对方手里要半个月的时间，因为通信的人越来越少，然而缪璚姐妹却逆着潮流回过头去，坚持不懈、不怕麻烦地互相写信。

这又是为什么呢？

除了写信可以多写一点内容外，还有一个最主要的原因，分隔两岸的姐妹俩年纪大了，听力衰退，打电话都听不清对方说什么；尽管为了跟缪璚通电话，二姐曾经买了一台音量特别大的电话机。

缪璚很无奈："我耳朵不好，恨死了！"

万般无奈之下只好改写信，写信解决了听不见的问题！

如今，因为身体日益衰老，去台湾和回大陆对姐妹俩来说都变得不可能，她们只能如古话所说"见字如面"。二姐说："长长的家书何止万金，简直是无价之宝。"

"每次收到二姐的信，我都立即回信。"姐妹俩都怀着同样的心情，信寄出后就数着日子等回信，通过一封封的来信知晓对方依旧安好；虽然等待的时间有点长，但总还知道对方近期的生活、各方面的状态。

山河阻隔，回家路长，彼此还能互相牵挂，于年迈的她们，是莫大的精神慰藉。

与缪璹姐妹相比，蔡国基和韩昌鸿却没有那样幸运。

2007 年，蔡国基得了前列腺癌，因已 75 岁高龄，采取了保守疗法，但体质是大打折扣了。

2008 年，韩昌鸿生病了，半身不遂，此后再也没能回大陆。他不仅写不了信了，就连电话也不方便接听了。每次，蔡国基打电话过去，都是韩昌鸿的太太郭凤梅代为接听。

时光无法倒流，岁月催人老，一年又一年，这是生命的自然规律。

2017 年 11 月，仅这一个月，蔡国基就给韩昌鸿打了两次电话。接电话的都是韩昌鸿的太太郭凤梅。在电话里，蔡国基请郭凤梅转达他对韩昌鸿的问候，以及无尽的思念……他还告诉郭凤梅，正在等上海医院的通知，希望早点排上号，去上海做手术。

蔡国基坚信，只要韩昌鸿的健康条件许可，他是一定会联系他这个老朋友的。因为，"虽然身处两岸，但是我觉得，再远的距离，也割不断我们的感情"。

去台湾看看老朋友，看看韩昌鸿的家，蔡国基也一直存有这样的念头，然而，当年身体硬朗行动利落的时候，他的经济条件不好，往返机票五六千，蔡国基一个月的工资才两三百元，去一趟台湾，仅仅是机票的钱，他就觉得是一笔大数字。

韩昌鸿多次邀请他去，不仅写信时说，回乡探亲的时候也说。

"来吧，你不要怕，钱我有啊，我在台北有房子……"并主动承担蔡国基往返的飞机票和其他费用，但是蔡国基始终固执地没有答应，他不愿意因为这个麻烦老友。

曾经因为没有钱，蔡国基不能去台湾；现在经济条件好了，他的健康状况又不理想，还是不能去台湾。

通了三十年的信，蔡国基却从没有去过韩昌鸿在台湾的家，这不能不说是个人生遗憾！

暮年的蔡国基倒是很乐观：能不能去台湾其实没什么，关键是两个互相惦念了一辈子的老朋友心中想着对方就好。

看来，这两个曾经的发小、终生的老朋友，在生命的暮年，只能隔海相望，在心里默默牵挂着对方了。

青山一道同风雨，明月何曾是两乡。

浅浅的海峡，永恒的乡愁

"如果我不在世了，骨灰一半留在台湾陪太太，另一半一定要回到菏泽。"台胞高秉涵向子女交代自己的身后事时这样说。

故乡是高秉涵生命的源头，心灵的归宿。

在余光中作词、罗大佑谱曲的《乡愁四韵》里，长江水、海棠红、雪花白、腊梅香四个简单的意向，却在华人世界里引发深深的共鸣和悠久绵长的乡愁。

那都是故乡在游子身上留下的不可抹灭的印记，是他们走到天涯海角都无法割舍的牵挂。

"诗魔"洛夫的故乡在湖南衡阳，他喜欢吃衡阳的糯粑、麻圆、红菜薹、腊肉、芋头，每年回大陆，就是想吃衡阳的这些东西；别人从家乡带来的小干鱼，他用蒜丝拌着吃，一顿还不敢吃太多，因为他想多吃几次。一到大雪天，他就在书房"雪楼"铺纸写狂草，从中体会他消逝的童年记忆。他对人说"这就是我的乡愁"。

有生之年不能见到海峡两岸统一的失望和对大陆深切的眷恋，让于右任在临终前辗转不能寐，奋笔写下了著名的《望故乡》。

多少年来，这一湾海峡隔绝了两岸。

穿越台湾海峡，从台湾到大陆，这条回家的路究竟要走多久？

"归来吧，归来哟，浪迹天涯的游子。归来吧，归来哟，我已厌倦漂泊……"

——歌曲《故乡的云》

这首曾经风靡两岸的歌曲《故乡的云》，表达了游子对故乡的思念，唱出了千千万万游子归乡的愿望。

沈从文的墓上，是作家黄永玉题写的墓志铭："一个士兵要不战死沙场，便是回到故乡。"

唐代诗人贾岛曾经写下七言绝句《渡桑干》：

客舍并州已十霜，归心日夜忆咸阳。

无端更渡桑干水，却望并州是故乡。

这也许可以比拟现在终老在台湾的大陆人的感受。

曾经，因为老兵们想家，冲破了国民党几十年牢不可破的"三不"铁幕，台胞们才得以回到大陆故乡，和亲人团聚；如今，每年近千万两岸人民交流往来。

从道阻且长到畅通往来，台海两岸交流是历史大势，不可阻挡。

跨越历史的鸿沟，我们永远是一家人。

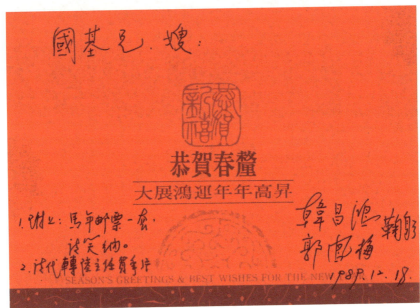

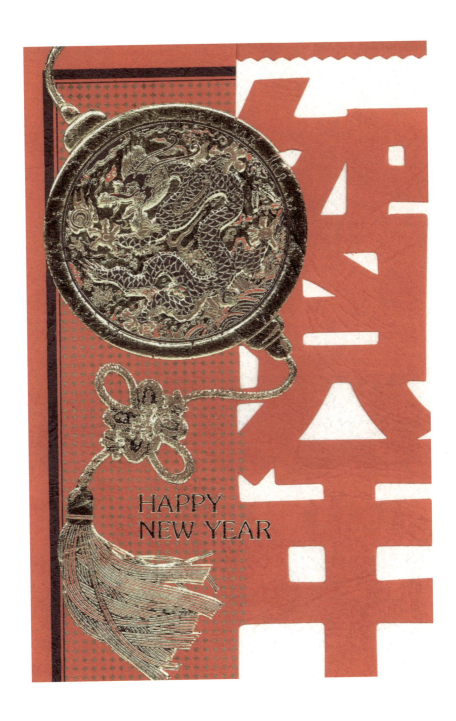

HAPPY
NEW YEAR

国基兄嫂：安摇

　　三月一日来函，于十日收到，蒙告知家
乡情讯，非常高兴，尤其兄仍系鬓之
情，在春节期间到敝家父母墓地探望，弟
不衷心感谢，此种情谊，弥永垂珍惜。

　　1993年可说几均在困境中渡过，尤其
丧母之痛，至今仍耿耿于怀，有时一人静下
时回忆往事，若我不听家母话，不请家母来台
是否会发生不幸事？当然事情已发生，追悔无
益，但总觉得是一件憾事，在家乡期间人
情之冷暖，什么是真情？什么是假意？——
在目，可说心知肚明，叹，人生百态，高
在一个人困难时显示出来，亦是我今后选友
最好之明针。

　　小敏事今後我不再顾问，家母已病故，我与
她的亲情亦可告一段落，因此我迄今隻字未覆

给她。不是我太现实，实在她所作所为在我近半年的亲身体验已够了，因此她的事不谈才吧！

嫂内说「我俩聊天的时间不多了，碰头的机会也更少」。我想才不见得，说不定我很快会回来，我正在同郭凤梅磋商，大家生活低，用我退休金五分之一，生活就很好了，她真有点心动呢？慢慢再下功夫，现在再看那河边（即祝若嫂的厦）是否会改建，我就回来把房子改建，做点小生意还不错像谈谈唯？

通信时上邮票求奢，计7张，请笑纳。

今天信刚寄到呐，请之常来信斯，使我知道家乡讯息，以便作我返乡之准备。　最衷。祝福

嫂侄儿健康、快乐。

韩昌佺　于　PA·314

国基兄、嫂、子信
　　上(12)月寄上贺年小笺，谅已收悉。
转眼再过几天，又是咱们中国人的新
年，真是中国人有福，一年过两个年，
前些年些何两任好的事业，诚祝心
何事成！永远健康，百龄可待！
　　随信附上去(P4)年7—12月份邮票捌
有，计16种，这次邮票没有一张突出的，
不好看，借作纪念。
　　最后，祝福
握手！

　　　　　　　　弟　岳健手上 p.s. 1. 23.

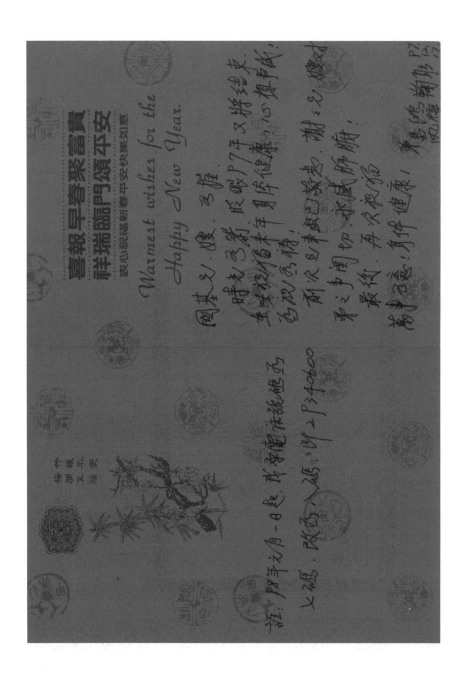

恭賀新禧

With best wishes

for Christmas and the New Year.

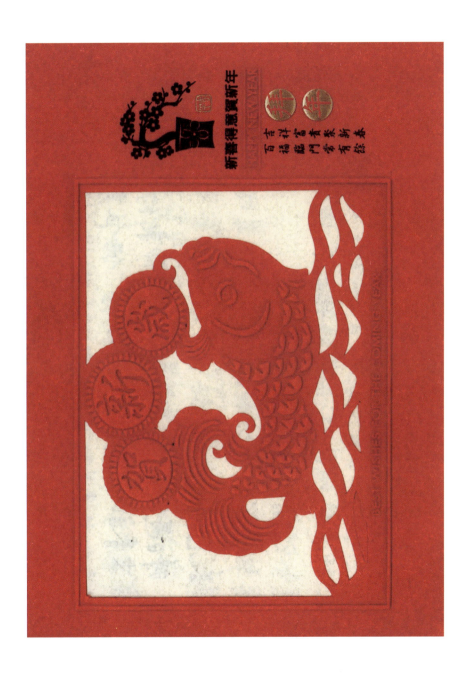

國基兄嫂：

時日過得真快。一年又將過去，而新的一年又在眼前。歲末春初之際，弟謹摯祝福 倆位身體永遠健康，萬事心想事成！并祝 家禱。

台灣地震時，蒙 兄嫂來函關切。尤其閤下兩位賢住關心。兄在函敘述，弟非常感謝！但僅通一次電話回報。而無家信致意。非常失禮。尚請 兄嫂及兩位賢住致萬分歉意！敬請見肴。

家鄉情形，已有數月 兄無來函。甚為念之。想必大會可說全城動員，街道市容定煞然一新，另有一番新氣象，不知老兄之萬宅是否有改造的機會。亦是弟此刻念的。

明年清明節時，若無特殊事故，因已二年未回鄉，很想念家鄉。尤其又來與 兄嫂聊天與請益是弟掛念地。最後，過了陽曆年，接著又近農曆年。弟先向兄嫂及但賀 閤府身體健康，祝禱 事如意！

弟昌鴻偕山梅鞠躬 pp. 12.22

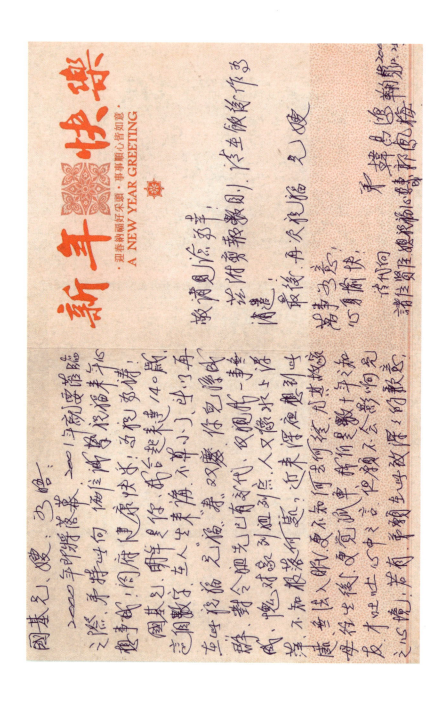

新年快樂

A NEW YEAR GREETING

·迎春納福好采頭·事事順心者如意·

国基兄、嫂、之晤、

回台湾已一个多月了，今天才给兄嫂写信问好，非常抱歉。回忆在家乡二十多天，蒙兄嫂热诚接待，确实过了一个愉快假日，使我终身难忘。迫切总，我经常共郭宪梅谈及家乡近况，耶她唉并愿意返乡度假，问题在小孩上学问题，真是无奈，前次说曹洪安来台探亲，不知何日能成行，我很想再共他商量，不知之意乡何？是否可帮我解决此问题，请兄提供我一些意见，作为我与他商量之用。

兹随信寄上剪报三张，作乡消遣。

太仓城内房屋改造，我看已完成百分之八十以上，把原来的城市面积已扩大，市政府所花乡很大心血，但流动人口聚入起来并是不行了。以希望附近商圈来说，除了那际敏十满主意尚佳外，其它商家生意都不行，连台湾最热门的肯得鸡，晚上市段有条的小猫在吃，我心想太仓的商店乡何维持乡佳，真是不简单。我现在住的地方，晚上也+上钟还人来人往，尤其做夜宵的海鲜店，店内客人满座，其实来台湾生意就行，可是做吃的生意不错，中午学生吃，晚上就有那批人来喝酒，我就不知人从那裡来。

好了下欠再谈，最後、祝福

尚府健康、愉快、

弟昌鸿敬上 20.5.26.

【恭贺新禧】

Merry Christmas & Happy New Year.

国基兄嫂：

2005年的春节即将来临之际，我共凤梅诚恳祝福 兄嫂全家节日愉快！在新的一年里，心想事成，身体健康！

弟 昌鸿 辅助
凤梅
2005. 1. 18.

國基兄嫂：尔晤

2004.12.23日提早寄我的賀年片，早已敬悉。謝謝。本該即時回復，實因雙肩迄今仍是病疼，再加台北一個多月來氣溫下降又下雨，最低溫度曾迄4度，可說若干年來久見。所以未能即時回復，非常失禮，敬請見宥！

來函得悉一府上安康，甚為高興，尤其知悉兄生活狀況，非常羨慕。但您信上寫的情況，那是過去式。視且每日報紙或電視打開一看，若百姓不是燒炭自殺，就是跳樓自殺，或夫妻互相砍殺，父殺子或子殺父母或祖父母，主因都是為了「錢」。視且貧富距都加大，有錢人是很多，但沒錢的人或街上流浪漢亦不少（台僅叫街友）。政治人物不講正事，每天是口水戰，社會騙子很多，弄得人與人之間互不信任，您若住在這種環境中生活，心情再好也好不起來。我視且反正是吃不飽、餓不死，每天都在家東摸摸西摸摸，就這樣混日子，過一天，算一天吧！

好了，快過春節，不要再說不著邊際的話，最後，謹虔祝福兄嫂新春新希望。其他都是假的，身體健康最重要，每天三大笑，快樂增長壽！

隨信附上家照
給您我合照幾張一張。

弟　鳴　敬上2005.1.18日

320
中壢市後寮二路247巷1號11樓之2
臺灣　　桃園縣

蔡　園　基　先生
215400
城廂鎮縣南弄3號302室
江蘇省　　太倉市

園基兄、嫂：

欠未寫信問好、歉甚，想必洞府健康，一切如意。並祝閤樣！

八月八日由台北市搬到桃園縣中壢市，至今總算可告一結束。但這期間，生活上還是不太習慣。這邊雖是很大的市鎮，各形快、慢火車都在中壢火車站停靠。公車亦很多，但因地區很大，總覺得行駛的公車沒有台北市多，而且我住處離公車站還要走路約5～7分鐘距離。菜市場亦遠，但有一的好處，現在不要像在台北每天上下爬樓梯困而我膝蓋退化，走樓梯膝蓋酸疼。現住的房子樓下三層（停汽車），樓上十二層，我住11樓，一個電梯三戶人家，分為二房、三房、四房，我買的四個房間，二個衛生間，面積算最大的，還有汽車位二個，稅車住一個,總計有64坪(台灣一坪,是大陸3.33平方米?)
因家豪現在台北,半工半讀,想要完成高職學業.
佳容現在台中市(國立中興大學經濟系)讀書.現住房
子比台北市時大.但二個孩子在外住.我與郭鳳
梅在家(中壢)住.所以覺得不相稱.現在希望佳容
明年七月份轉學去,轉中壢有一所國立中央大學讀書.

　這是希望,能否成功,還是未知數,只能隨其發展
了!

　今天已是西12月20日,離陽曆年只有十一天.
農曆是11月初一,離農曆年還有二個月,日子過
得真快,忽然我又要增一歲了,我是糊里塗塗
過了一生,回想起來,一事無成,現在還是靠退休
俸過活,說來真是慚愧!真是年輕時未努力,老
年就是悲哀!

　不談這事了,年總是要過.單純的學祝福
兄闔府健康!來年有好運,一切心悟事成!

現住址:
台灣,桃園縣中壢市　　單 韓昌鴻 鞠躬拜早年
後寮二路247巷1　　　　郭鳳梅
弄11樓之2.　　　　　　　　　　2006年12月20日
電話:
(03)416-2765.

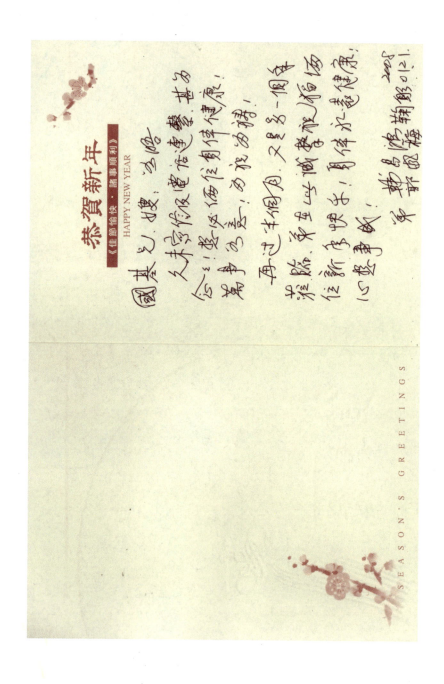

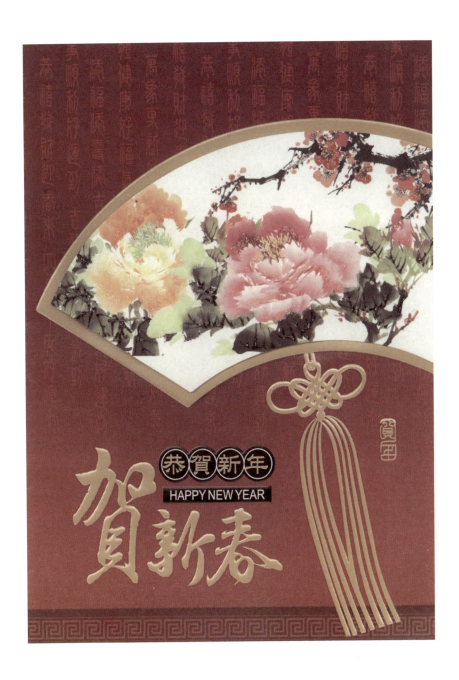

后 记

2017 年，江苏省台办、省外宣办、省作协在苏台两地联合推出了"两岸一家亲——苏台交流合作 30 周年"主题征文及史料征集活动。苏州市台办发布活动征集信息后，收到了太仓八旬老人蔡国基的来信。蔡国基与其发小韩昌鸿早在 1947 年便分隔两岸，但兄弟情谊却从未被海峡阻断。自 1987 年两岸打破隔绝状态、开展民间交流以来，两人先后通信 80 余封，最长的书信有十几页。从工作到生活，从家庭到社会，两位挚友无话不谈。这些信件也一直被蔡国基珍藏。

经苏州市台办的推荐，新华社、中新社、苏州电视台等多家媒体报道了蔡国基的故事，江苏人民出版社也由此跟进组稿。苏州市台办与江苏人民出版社两次专程赴太仓对接，太仓市台办也积极配合组稿相关工作。对蔡国基老人保存的八十余封信件，太仓市台办承担了信件的扫描处理工作，完成了书信的抢救性整理和保存。《两岸家书》一书初稿由林君、许晴撰写，江苏人民出版社韩鑫、石路负责书稿的复审、终审，反复推敲修改，数易其稿，终于形成送审稿，并由国台办审查通过。2021 年 7 月，《两岸家书》正式出版。

今年是中国共产党成立 100 周年，是"十四五"开局之年。《两岸家书》记录了两岸同胞的深厚情谊，同时也具备较高的民间文献价值，还从侧面反映了祖国大陆经济社会发展的丰硕成果。本书的出版，是向中国共产党成立 100 周年献礼。